丸戸史明

插畫／深崎暮人

Kadokawa Fantastic Novels

彩頁／內文插畫：深崎暮人

\新生/
blessing software
成員名冊

製作人

企劃、副總監、第一女主角

企劃、總監、劇本

音樂

原畫、ＣＧ上色

Saenai heroine no sodate-kata.9

序章

五月中旬，夕陽在假日照進我的房間，帶來些許清爽的暖意……

「所以嘍，這就是我們的最強美少女遊戲的研發期程。」

……話雖如此，房間裡卻響起了假惺惺的爽快嗓音，讓清爽空氣瞬間變悶熱。

「連程式除錯的時間也算進去，母片要在十一月的最後一週送廠壓製……你們最好把這當成在冬COMI配發足夠商品的死線。」

「不，伊織，你等一下。那樣比前作的截止日早了兩週耶。」

「可是你們上一款作品連那樣的期限都沒有守住吧，這次可不能重蹈覆轍。」

「唔唔唔……」

夾雜著零星雜訊，又微妙地高亢，聽起來非常膩耳而且明顯就是在裝帥，簡直像把刺耳要素全部匯集在一起的嗓音。

嗓音的主人一邊用滑鼠游標指著桌上螢幕秀出的期程表，一邊口若懸河地說個不停，然而，他目前並不在這個房間。

「聽好嘍，倫也同學。既然是由我接手製作，就不允許失敗……對外佯稱母片完成後還額外趕工，或者在發售當天放出修正檔都太荒謬了。更甚者，要是哪天發生創作者怠工逃跑，業主欠款潛逃，通路強行鋪貨導致素材不足的慘狀……」

「大家都拚命在努力啊！你稍微體諒一下好不好！還有我們的社團跟通路無關啦！」

沒錯，目前從桌上螢幕兩旁喇叭傳來的那陣令人生厭的嗓音，其幕後真身正待在自己家裡，並透過線上會議系統對我們這裡下指示。

留著褐色捲髮的他一副現充型男樣，卻是個在同人界賺投機財的死阿宅。

見鬼的態度和語氣，編織出見鬼透頂的豪言壯語。

他是從本月起加入我們的遊戲製作社團「blessing software」的新面孔，身兼製作人&總監&協調者，堪稱掌有最高權責的大惡棍……呃，大牌成員。

川分寺高中三年D班，波島伊織。

「而且我要先聲明，『rouge en rouge』在去年冬COMI就是照這份期程完成母片的喔。」

「唔唔唔唔唔……」

另外，他也是我國中時期的好友，不久前更是率領龍頭級社團「rouge en rouge」的舊仇敵，這種代換成二次元女角就有可能安排出恩怨情仇類戲路的複雜關係，或許我還是不要從自己口中透漏太多比較好。

「……不過多虧哥哥的規劃，我們這些製作班底在母片完成一週前全都變成死魚眼了。」

「是、是喔……辛苦妳了，出海。」

此時，有個女生勇於和口氣囂張的伊織對嗆，卻用可愛的姿勢坐在我旁邊，還擺了一副比我更加排斥的表情看著螢幕中的期程表。

「哥哥真的一點都不了解生產者……我們並不是在製造，而是在創造。你不要以為靈感之神每次都會按時降臨幫助我們如期交貨啦。」

「聽好嘍，出海。妳把製造業說得像沒有在創造，正是妳什麼都不懂的證據。做東西就是靠著日積月累的改進、下工夫、努力才能交出微米等級的精細度或者負重性達好幾噸的強度，那才是為創造而日夜顛倒的世界。難道妳以為我們有資格瞧不起確實如期生產交貨的工業製品……」

「呃，你們兩個停一下。話題歪到莫名其妙的方向了。」

頭髮綁成兩束的她外表純情，卻是個同人作家兼女性向遊戲玩家。

活潑的語氣明快乾脆，不時吐露出被對方牽著鼻子走的不當發言。

她是上個月加入我們社團的新人，同時也是上個月考進來和我就讀同一間學校的學妹，身兼角色設計&原畫，地位堪稱當家花旦的大牌成員。

豐之崎學園一年C班，波島出海。

「欸，倫也學長，讓這種說不聽的人當總監真的好嗎？」

「可、可是……既然我得寫所有劇情線的劇本，總不能連監製工作都一起接……」

「出海，這是只有身為社團代表的倫也同學和身為參謀的我才能相互理解的高度政治性判斷喔。之前我已經說過好幾次，就算妳是我妹妹，這也不是單純負責原畫的妳該過問的領域吧。」

「可是可是，我跟倫也學長是搭檔的劇本作家和原畫家啊！說起來我們就是社團裡的王牌和第四棒！」

「我不認為那樣的關係會高於教練跟總教練耶。」

「不然我跟學長就是雙前鋒！」

「呃，足球界中普遍被認為最有關連性的，從以前就是前鋒跟守門員吧。」

「攻與受！」

「順帶一提，把守門員放在乘號前面或後面會因派別而有完全不同的見解，這點妳得注意才行……」

「你們兄妹在扯什麼跟什麼啦！」

此外，她是我國中時期的愛徒，不久前更是和伊織同樣隸屬「rouge en rouge」且負責原畫的舊仇敵，以女角範本而言要走賣萌或恩怨情仇類戲路似乎都有亮點，儘管我並沒有隱瞞，可是不知為何總覺得這層關係目前不太受重視。

「這樣啊，這就是藍子講過的『伊織×阿倫』嗎？原來是這樣～～」

「不，美智留，妳不用學那些多餘的知識……」

此時，有個女生對波島兄妹那充滿腐味……充滿成熟氣息的對話顯得格外理解，還惟我獨尊地一邊盤腿坐在我床上，一邊專心為吉他調音。

「哎～明明波島哥哥也是社團的一員，卻只有他沒被叫來這裡開會，我還以為阿倫是所謂的獨占廚，結果真正的獨占廚其實是波島妹妹啊～」

「欸，我看妳還是挑一下朋友好不好？」

還有關於獨占的話題很敏感，麻煩妳盡可能別提……

「呃，我並不是因為剛才有人沒禮貌到極點才生氣找藉口喔，不過哥哥沒有被叫來這裡分明是倫也學長做的判斷耶。」

「咦～為什麼？我跟妳哥哥也有樂團經紀的事情要討論，讓他來這裡會方便不少耶～」

「美智留，拜託妳好嗎？社團哪有可能撥空讓你們忙那些……」

「啊～所以今天果然是像叡智佳說的那樣，開完會以後就要無套玩４Ｐ到天亮……話說４Ｐ是什麼意思？」

「無套不好啦，倫也同學……」

「妳現在就給我把樂團解散聽到沒！」

一頭略捲的短髮加上積極個性，如外表所見在樂團擔任主唱&吉他手。

口氣既懶散又隨便，吐出來的腥羶話題一發不可收拾。

她加入我們社團將近半年，和我是在同日同醫院出生的表親，更是負責操刀主題曲及配樂這兩項致命級催淚要素的大牌成員。

椿姬女子高中三年四班，冰堂美智留。

「我都說過不是那樣了……美智留學姊，誰教妳每次都穿成那個樣子嘛。」

「咦～～穿這樣有什麼問題？」

「妳還敢問！難道妳想穿成那樣在伊織面前出現！」

問完還一臉傻愣愣的美智留身上……穿的是薄到不行的貼身背心，還有裁剪得超短的熱褲。

暴露率之高一如往常，以女角範本而言，其關係性八成會分配到負責賣肉的戲路……不對，即使在三次元八成也是負責賣肉吧。那一型的女生通常沒有什麼劇情可講究。

「哎呀～～我沒有想太多就是了……穿這樣果然不好嗎？」

「那還用說！妳在我以外的男人面前不能那樣啦！」

「啊，這種症狀確實是獨占廚。不會錯。」

「唔唔唔……倫也學長果然是獨占廚嗎？」

「好啦，所以你們說的獨占廚到底是什麼？」

於是，當房裡的兩人外加視訊講話的聲音突然變得莫名團結，還不講理地開始責備應該沒有任何過錯的我的時候……

「冰堂同學，那是指堅持遊戲、動畫、小說中出現的女角都要配給男主角才可以的人喔。」

「加、加藤……」

唯一的救兵帶著大盤的拿坡里義大利麵進來房裡了。

「比方說，即使男主角已經選了一個女角，被甩掉的其他女生連要尋找下一段戀情都不會被允許……安藝就曾經激動地說過，絕不跟其他男生配對，到死都貫徹單身鍾情於主角的角色性格最符合需求喔。」

「唔哇，那算什麼嘛，阿倫。不對，應該叫你噁倫！」

「才不噁！那是噁心阿宅永遠的夢想啦！」

而且，那個救兵根本沒有救到我。

……哎，有個女生就像那樣，即使大家正在開重要會議，她也可以在不受任何人注意的情況下自自然然地離開，然後擅自穿上圍裙在別人家做菜，還表現得一副理所當然的樣子。

「唔喔～～小加藤，我等好久了～～！那我要撒起司粉嘍～～」

「喂，美智留！不要整瓶撒下去啦！」

「惠學姊，感謝妳細心的關照，不過這樣熱量依舊偏高耶……」

鮑伯短髮、短馬尾、馬尾、長髮，一年來曾經換髮型換個不停，目前又回歸原點變成鮑伯短髮的她，是個在宅與非宅的分界線上走鋼索，除了身為美少女以外「本來」別無特徵的女生。

隨和冷靜的口氣原本應該只會平板淡定地吐槽別人……到最近卻轉變成平板淡定的舌上寒鋒了。

她加入我們社團轉眼就過了一年多，應該說，她就是我們社團的創立理由，最近除了第一女主角這謎樣的職稱以外更兼任程式碼編寫，地位堪稱招牌女星兼幕後功臣，是個看似小人物的大牌成員。

豐之崎學園三年A班，加藤惠。

「然後要加Tabasco辣醬～」

「等一下！那個才不應該整瓶倒下去啦！盛到自己盤子裡再加！」

「嗚嗚，可是好好吃……明明曉得這是一大團油脂和碳水化合物，還是覺得好好吃……！」

此外，相較於周圍成員的背景來歷，她加入社團的過程倒是一路順暢，經過迂迴曲折的風波後也沒有中途脫隊，與社團的關係性要稱作第一女主角實在稍嫌薄弱……反正加藤就這樣嘛，算了不重要。

「所以呢，你們討論出結果了嗎？」

加藤身為社團副代表，之前卻帶著「算了不重要」的調調從會議上離開，到現在才捧著托盤在我旁邊坐下來，然後想起要問今天的正題。

「啊，關於那個……」

「那沒有問題。身為社團代表的倫也同學和身為參謀的我確確實實地做了討論，進而在嚴肅的過程中尋求共識……」

「談出結論了嗎？你有認同嗎？安藝？」

「唔、唔喔……？」

而且，彷彿剛剛才想到要問的加藤，態度卻微妙地意有所指，還現出格外介意的樣相。

「出海和冰堂同學也接受了嗎？如果沒有先得到所有人的認同才開始動工，我覺得不行耶，沒問題吧？」

「啊，呃～雖然我講了不少意見……不過，我會相信倫也學長最後的判斷。」

「哎，反正我負責的工作排在很後面，沒到那時候也不曉得會怎樣嘛～」

「是喔……唔～既然大家這麼說，好吧。」

「……加藤？」

然而，她並不是對我意有所指……

「既然妳那麼在意，從一開始就參加會議將意見說清楚不就好了嗎，加藤同學？」

「嗯，那這件事就談到這裡。接下來要做的就是努力打拚迎接冬COMI……由『目前在這裡的』所有人。」

「加藤……」

沒錯，表示她意有所指的對象是「目前不在這裡」的所有人（一名成員）……

「妳真過分耶，加藤同學。我只不過嫌了幾句，比如說妳麻煩、說妳是幕後黑手、說妳都在背後操控倫也同學，妳也不用對我無視得那麼明顯吧？」

「伊織……」

呃，其實這一次沒把伊織叫來這裡的最大理由，其實就是鮮明反映出「幕後黑手（加藤）」意向的結果……關於這點或許我還是不要從自己口中透漏太多比較好。

「基本上對我來說，那樣的評價根本就是稱讚啊。妳對自己要有多一點信心比較好。沒錯，要舉例的話，妳那拿捏得恰到好處的黑暗兵法好比我所尊敬的紅坂朱音……」

「啊。」

「啊。」

「啊。」

於是，用不著我透漏，這點似乎已經變成在場所有人的共通認知了。

……藉由加藤忽然將電腦主機重啟鍵按下去的動作。

「那麼，既然會議開完了，大家來休息吧。再說麵不快點吃就要涼掉了。」

Num Lk
Scr Lk
Pause
Break
Insert
Sys Rq
Delete
Prt Sc
Back
space
Enter
PgUp

「好、好啊……」

「是、是的……」

「唔、唔嗯……」

在加藤「無心」的強權……不，號令之下，我們今天的社團活動也平安地結束了……

可是那平安的感覺，卻讓我的腦海裡響起了好久沒[第二集]聽見的強烈警訊。

簡單易懂的社團解散法則　其四（改）

「社團成員（尤其是幕後黑手與協調者）感情不融洽」

第一章　以上就是這集的**校園戲**

「倫也，我可以坐這邊嗎？」

「……啥？」

一週過去，到了星期一。

豐之崎學園三年F班的教室。

基於本作品打死不描寫上課情形的原則，現在是午休時間。

目前狀況是我從福利社買了午餐一臉喜洋洋地回到自己座位上，隔壁的桌子就突然從右邊撞過來了。

「快啦，你也把你的桌子轉過來。」

「欸，妳在幹嘛？」

只見隔壁座位的同學不知不覺中已經把她的桌子湊到我的桌子旁邊，正準備打開便當盒。

話雖如此，對方並不是平時坐我左邊只好一起吃飯的上鄉喜彥（今天缺席），更不是男生。

應該說，在班上的階級制度中，對方大概是身分尊貴到我這死宅男根本搭不上話的「高貴」

女生。

炫目金髮雙馬尾嬌憐可人的美少女。

打著父親是英國外交官名號的日英混血千金。

從入學時就前途有望的美術社王牌。

「哦，那就是你的午餐？豬排三明治配炒麵麵包，還真是油膩的選擇。」

「英梨梨……難道妳沒有察覺這兩項菜色在戀愛喜劇作品中扮演的角色有何重要性？」

「我看你才沒有察覺……這兩項菜色就是讓那種只換封面不改內容的低能戀愛喜劇淪為粗製濫造的萬惡根源。」

「……要不然，我們來較量吧？柏木英理，妳可以試著否定我接下來在心中描繪的戀愛喜劇情境。」

「……求之不得。」

然而實情是……

「午休時間，男主角和田徑社女主角為了爭奪豬排三明治這項人氣菜色，總要競爭誰最先到福利社！平時光會吵架的兩個人，在某天因為女方被其他男生告白而產生隔閡！」

「在走廊跑步很危險吧。基本上這年頭就算不特地到福利社搶，在附近的便利商店也買得到豬排三明治啊。」

「唔……主角在因緣際會下把自己吃一半的炒麵麵包分給千金型女角！平民而不矯飾的行為讓千金小姐感到親切！以往身邊沒看過的男生類型使她變得對主角越來越在意……！」

「初次見面就拿到別人吃一半的東西，嚇都嚇死了啦。先不管平不平民或者東西高不高級，千金小姐才不會被區區的食物迷倒。資訊提供者就是我。」

「唔唔唔唔唔……」

「……再浪費時間扯這些，午休時間就要結束了啦，我要先吃嘍。開動了。」

以身分而言明明是不折不扣的純種千金大小姐，卻因為受了特殊培育而長成這副德性的臭宅女。

「基本上，妳還不是喜歡吃這種垃圾食物。」

豐之崎學園三年F班，澤村・史賓瑟・英梨梨。

「抱歉。我喜歡的是碗裝沖泡式炒麵。」

「呃，那就更沒營養了吧。」

除了性子宅以外，由於父母在養育方式出了許多差錯，她還有許多像這樣令人遺憾不已的毛病。

「話說回來，豬排配炒麵會營養不均衡吧。要不要吃煎蛋？」

「不用。」

「不必客氣啊。你不是最喜歡吃我媽媽做的煎蛋嗎？」

「問題並不在那裡……」

英梨梨媽媽的愛心便當確實和以前一樣，菜色平民得讓人想不到這是千金大小姐的午餐，還喚起了我在小學遠足時幾乎把那吃光光的記憶。

……哎，撇開班上的階級制度，這位大小姐和我倒是不缺像這樣一起吃飯的交情。

從上小學就認識的青梅竹馬。

幾個月前還在同一個社團追逐相同夢想的舊同志。

然後，經過兩次要命的觀點歧異，如今卻又分到同一班的孽緣。

「欸，英梨梨。」

「怎樣？」

「妳跟我一起吃飯行嗎？」

「為什麼不行？」

「呃，那還用……」

我差點脫口講出：「那還用說。」不過那句話本身就帶有「那還用說」的性質，因此我收口了。

金髮混血美術社千金（假貨）和噁心死宅男（純正天然）在午休時間併桌一起吃飯，只會遭

到班上同學用好奇、奇特、嫉妒、侮蔑的目光對待，這是打從八年前就註定好的……不，差不多快九年了。

「現在才沒有人會霸凌我們啦……再說大家都是大人了。」

英梨梨一邊咕噥，一邊環顧四周，有幾個女生急忙轉開原本對著這裡的視線。

……不過，確實沒錯，即使那些人的目光有好奇色彩，也看不出像小時候那種明顯的敵意或嘲弄之意了。

「時代變了耶……」

沒錯，時間不會停止。

時間永遠在前進，還會改變常識與規則。

現在和九年前不同……便利商店已經能買到美味程度不遜於在福利社成為傳奇的豬排三明治了。

所以，午休時間一到就跟田徑社的體育少女並肩在走廊全力衝刺培養感情的劇情，也已經變成陳腔濫調了……

「那倒也是，不過最大的原因在於你換了造型。」

「……我？」

……當我將心思徜徉於下部作品的劇情大綱問題點時，英梨梨的嘴和目光，都冒出了意外的反應。

「倫也，你不覺得最近女生對你的反應變正常了嗎？她們不會像以前那樣用『啊～～好好好』的口氣敷衍你，都肯正常看待你了，應該說，她們願意把你當人類看待了……」

「我本來就是被當成人類看待的！我們都是有血有肉活生生的人類！」

聊到過去慘痛回憶的我感到內心受傷，同時，也思索起自己升上三年級以後面對女生得到的反應。

然而想了以後，我還是不覺得受到的對待有多大差別。頂多就是沒人叫我宅宅了，課堂上讓老師點到時不至於被嘻嘻嘲笑，當我打算談論什麼時也不會遭到敷衍的眼神看待……

「唔……啊。」

……追尋著種種懷念記憶的我感覺眼睛一熱，打算伸手摸眼角，這才想到自己升上三年級後的某個變化。

「該不會是因為……眼鏡？」

「因為你的真面目比想像中還要像樣，大家好像不知道該怎麼對應你了。」

在英梨梨提醒下，這次換成我朝四周看了一圈……的確，她們的反應和英梨梨做出相同舉動時差不多。

不同於好奇或嫉妒，那並不是會讓我如坐針氈的情緒，是感覺更溫和、更純粹的「興趣」。

「好熱切的轉變……」

「哎，反正我從以前就知道你的真面目。」

「可是，我除了眼鏡以外都沒有變耶。」

「換句話說，之前女生評價你的最大要素都集中在那副眼鏡……」

「等一下，那我果然還是被她們瞧不起嘛！」

「哎，先不管那個了……倫也，現在情況到底怎麼樣？」

「妳在問什麼？」

「拜託，就是……惠那件事嘛……」

「……啊～」

挺讓人反感的開場白終於告一段落，當我洩氣地把豬排三明治拿到嘴邊時。

之前大概一直在等機會的英梨梨才若無其事地對我開口。

「黃金週聯絡時，你不是說會馬上安排我們見面嗎？可是從那次以後，你就一直沒消息。」

哎，雖然當英梨梨特地在眾目睽睽下跑來找我時，我就料到目的了。

「不是啦，我有跟加藤提過喔。可是她好像忽然變忙了，實在抽不出空。」

然而就像這樣，既然我這邊沒有可以讓英梨梨滿意的新消息，除了裝蒜之外也沒別的選擇。

於是，英梨梨當然對我的答覆不甚滿意的樣子，還一臉狐疑地看向把頭轉到旁邊的我。

「……哦，加藤是吧？」

「怎樣啦？」

「你今天叫她加藤啊。」

「怎麼了嗎？」

「哎，也可以啦。」

「所以到底是怎樣！」

而且她的眼神變得超凶。

「唉唷～～為什麼又變成這樣嘛……她不是肯和我見面了嗎？」

「呃，沒空也沒辦法啊。」

「忙肯定是假的吧？基本上我也不認為你們的社團在目前的時間點，倫也負責的部分會有讓惠變忙的進展出現。」

「關心別人的進度以前，先設法處理自己負責的工作好嗎！」

「要說的話，什麼都沒跟惠交代就離開社團，完全是我的錯嘛。」

「啊～～也是啦……」

接著，英梨梨又一邊用筷子撥弄媽媽用愛心做的章魚熱狗，一邊嘀嘀咕咕地發出怨嘆。

「所以，我也想好好地為那件事道歉……可是她連道歉的機會都不給，那我也沒辦法嘛。」

「就是啊～～」

……此外，關於那件事，即使我有「真希望妳也能像那樣子對我賠罪」的想法也不能夠說出口。

「欸，我最近有做什麼對不起惠的事嗎？這一個月來，我都只有窩在家工作耶。」

「真辛苦耶～～哎，加油吧。妳下的苦功不會辜負妳的～～」

「……總覺得你給的建議都是在打馬虎眼。」

「咦～～會嗎～～？」

之後，我靠著像加藤那樣的淡定功力，陸續躲掉了英梨梨接二連三的訴苦。

到了敲鐘前夕，英梨梨受不了我那樣的態度，午休時間就在千金小姐卯起來把我吃一半的炒麵麵包吞掉的時候結束了。

……哎，可是目前也只能這樣。

不對，我不是指炒麵麵包的下場，而是我的態度。

再怎麼說，總不能攤牌吧。

因為我不希望讓英梨梨發現，她肯定是嘔心瀝血才在工作中交出的「傑作」，居然招致了目前的局面。

※　※　※

「聽說你中午和英梨梨一起吃午餐？還併了桌子。」

「請問您今天中午十二點到下午一點人在哪裡！」

然後，當天傍晚，放學後回家的路上。

和平常一樣帶著迷人鄉村氣息的咖啡廳店內，可看見在外遊蕩的我張口咬下豬排三明治（今天第二次），冷不防地就挨了重重一記悶棍的慘狀；以及鐵壁後衛（加藤惠）惡意犯規卻照常把玩著智慧型手機，同時絕不讓淡定陣型瓦解的身影。

「啊，我是在教室跟朋友吃飯啦。只不過出海每隔一分鐘就會實況轉播告訴我。」

「唔、唔喔……」

「對了，我有得到當事人的允許，對話記錄可以給你看。拿去。」

「唔喔喔喔喔……！」

於是，加藤平靜地遞了犯規的紅牌……不對，遞了手機過來，螢幕上顯示著一大串她和出海用ＬＩＮＥ對話的訊息記錄。

『啊！煎蛋出現了！她、她、她想餵學長！』

『學、學長似乎設法忍住了誘惑。學長加油！』

『他、他們兩個的距離越變越近了耶……』

『學長不要受騙！那個女人是敵人！她是叛徒！』

『她用腳尖踢中學長了～～！』

『學長不排斥！學長的態度並不排斥！』

『他、他們兩個正在搶炒麵麵包！這、這根本就是孽緣型女角的單獨劇情事件！』

『被搶走了～～！吃到一半的炒麵麵包被搶走了～～！』

「安藝，你和英梨梨好像玩得很開心耶。還有出海也是。」

「……………是、是、是啊。」

順帶一提，加藤這邊的發言記錄為：「哦～～」、「這樣喔」、「出海妳冷靜點」反應相當低調……呃，都是同樣幾句在輪流，因此請容我省略。

「出、出海也真是的！她不用客氣嘛，直接找我們搭話就可以啦！」

「我覺得那樣會讓你們三個都吃不下飯耶，你認為呢？」

「……就算那樣也好啦。」

沒錯，總比對話記錄在事後像這樣被揭露來得好。

倒不如說，這次出海的反應讓我覺得有點不對勁。

她考上高中以後，從來就不會對學長姊所在的巢穴感到畏懼，一向都大大方方地帶朋友進我們教室，還能把英梨梨激得又氣又落魄活像落水狗，在無欲的條件下吵架吵到贏才對。

所以，出海在今天同樣只要直接帶著便當盒進來說：「學長～我們一起吃午餐吧！」我也不會被迫看到那麼好玩……呃，我也不會被迫看到對心臟那麼不好的對話記錄。

「我想，出海現在應該不太方便和英梨梨見面吧。」

「為什麼啦？」

對加藤發問的我還想在「為什麼啦？」後面加上「還有妳也是」，不過目前要先克制。

哎，把話題侷限在出海身上，加藤應該就肯把話講明白了吧。

畢竟，那樣她自己的心思就不會遭到刺探……我並不是因為有誰個性厚黑才照這種方式下判斷的喔。真的喔。

「最近出海那邊的進度怎麼樣？角色設計有順利完成嗎？」

「哎呀，既然劇本還沒寫出來，我想她也不至於進展得那麼迅速吧！」

加藤突然註記的標籤「＃進度怎麼樣？」，讓我講話的音調高了八度。

儘管問題主要是出在我自己的進度，而非出海那邊就是了……

「黃金週假期過後，你有收到任何一張圖嗎？新的角色設計。」

「……單純是因為之前進展得太順利了啦。」

即使如此，面對加藤質疑的本質，我還是無法對答如流地給予回應。

「社團的共享伺服器，我算是每天都有上去看，可是所有檔案的日期都從兩個星期前就沒有變更過耶。」

沒錯，其實出海的進度停頓下來了。

而且是從「那天」過後，就一直持續到現在……

黃金週假期最後一天。

在我的房間，社團所有人一起觀賞「寰域編年紀20th Anniversary」現場即時轉播的那一天。

伴隨寰域編年紀最新作的宣傳影片，角色設計柏木英理筆下的主視覺圖像被公開，活動會場的興奮情緒達到最高潮。

可是那時候，我們「blessing software」成員的反應卻與那股熱情呈反比，靜得像被寒風掃過一樣……哎，某個人（美智留）例外。

「妳是說，出海在介意英梨梨？」

「嗯，雖然她本人不會說出口。」

即使如此，明明大家回家時都有笑著揮手，之後開會所有成員也都有到齊，因此我並沒有把那天的事特別放在心上。

……不對，明明我都有留意，避免讓自己把那天的事太放在心上。

「就算那麼說，對方出的是商業作品，況且那是ＲＰＧ，直接對抗也沒用吧。別人是別人，我們是我們。」

「英梨梨是英梨梨，出海是出海？」

「對啊！」

唯有現在，我刻意忘記自己小時候所懷抱的種種希望，曾隨著父母口中的那句台詞被打碎，還用格外積極的態度握起拳頭。

「那麼，我就是我嘍？」

「加藤……」

「就算介意，也都沒有用？」

此時，大概是我的熱情傳達到了，加藤微微蹙眉，鐵壁般的淡定防守陣型的越位線微妙地被攪亂。

那表示，加藤拚命隱藏的真心，難得露出了一絲絲破綻……

因此，我認定這個瞬間，正是英梨梨所求的「介入」時機……

「欸，加藤……」

「嗯？」

「妳要不要吃豬排三明治？」

「我才不要你吃一半的。」

「是、是喔……！」

好冰！這杯冰咖啡有夠冰的！

第二章　我**沒有參考**哪款遊戲當範本，**真的**

「小女子不才，請你多多指教了，倫也學長！」

「等一下，請我指教以前有一些情報要先整理吧！」

日期是週末的星期五。

時刻是晚上八點多。

地點是我的房間。

在我眼前……則是穿著睡衣將三根手指湊在地板低頭行禮的出海。

唔～～光像這樣試著整理眼前的情報，狀況顯得更無退路了，感覺不太妙。

「學長，拜託你……從現在起，請灌輸我美少女遊戲的真髓！」

「對，就是那樣！我剛才就是希望妳那樣把話講清楚！」

今天放學後，收拾完東西要回家的我來到校庭，就發現出海背靠校門，還帶著等人的表情仰望天空。

於是她看見自己在等的人……也就是我以後，便像過去重逢時那樣，一臉開心地趕到我的身邊，那時候的她這麼告訴我：

『請學長幫助我成為一個成熟的女生！』

等我搞懂那是「請學長幫助我成為一個（對美少女遊戲觀念夠）成熟的女生」的意思，已經是當場目擊者大多走光的二十分鐘以後了，儘管那和她剛才的發言同樣令人發愁，但現在先不管那些。

總之因為如此，為了把這個週末獻給美少女遊戲的出海就來到我的房間了。

……還帶著睡衣、盥洗用具和其他「女生要準備的」整套用品。

「我再確認一次……妳真的有得到家人同意吧？」

「是的，雖然再說就會重覆了……不過，這其實是哥哥提的主意！」

「伊織提的主意啊……」

起初，我並沒有辦法輕易信任出海講的這段話。

畢竟伊織目前身為「blessing software」的製作人兼總監，他應該是對於團隊工作期程管理最用心的人。

我實在無法相信，那傢伙居然會提出這種讓社團原畫家和劇本寫手耗掉整個週末作業時間的主意。

而且就像加藤先前提醒的，出海的角色設計作業應該早就開始動工了，然而在最近完全沒有進度的這種狀況下……

「學長你想嘛，我本來不是女性向遊戲玩家嗎？所以說，玩美少女遊戲其實並不是我的本行啊。」

「哎，畢竟妳的原點是《小小狂想》。」

然而，接續出海的說明，我看了伊織今天早上上傳到伺服器的修正版期程表以後，就不得不相信那些話。

因為從中很顯然地可以看出，這週……不，一直到下週的角色設計作業期程都空出來了。

「所以哥哥就在說，我是不是掌握不到女角的微妙表情變化，還有細微的情緒。」

「可是出海，妳去年不是在『rouge en rouge』製作過一款美少女遊戲了嗎？」

「對呀～所以我也說自己沒問題，可是哥哥就是聽不進去。」

「那傢伙真愛操心耶……」

那碼歸那碼，雖然這變得很像「伊織為了妹妹特地調整期程」的美事，實際上他只是讓作業期程開了孔，期限並沒有延長。作業期間只會因此被壓縮。

……我要○掉那傢伙。

「就因為這樣，我才想讓都有確實付錢買遊戲，在正規玩家界以首屈一指的美少女遊戲大師而聞名的倫也學長，幫忙選出能讓目前的我當成指標的美少女遊戲，並且指導我該怎麼享受其中的樂趣！」

「這樣啊……這樣啊！」

唉，說來說去，我就是被新進製作人推了個頭痛的難題到頭上，不過身為如出海所說的美少女遊戲大師，我毫不動搖地用強而有力的口氣答應了她的請求。

不過要讓我說一句的話，正規玩家那部分倒可以不提就是了。

「那麼出海……妳做好覺悟了嗎？」

「是的！從現在起我可以努力四十八小時！到週日晚上前都不用停！」

「我明白了！」

嗯，那種完全不顧慮我方不方便的厚臉皮度非常好。

身為美少女遊戲玩家，假如沒有強硬成那樣就別想追到女主角。

當然，該法則並不能套用在三次元女生身上，因此要注意。

「出海……現在起，我會成為將美少女遊戲美妙之處灌輸給妳的魔鬼教練！跟隨我吧！」

「是的，不用留情也不用客氣！請把我拖進美少女遊戲世界的美好泥沼中吧，倫也學長！」

「既然如此，讓我替妳選一款遊玩時間相稱的美少女遊戲超級大作！出海，妳有沒有什麼要求？」

「呃，照哥哥所說的，首先登場的女生要可愛……」

「那在美少女遊戲是基本中的基本。不可能漏掉啦。」

「角色的頭身比例要低，眼睛夠大，畫風即使有描圖嫌疑只要符合流行就可以，另外，原畫家最好是女性……」

「是、是喔……？」

「然後，女主角的態度跟語氣都放膽套公式，沒有多費力氣在劇本，劇情文章卻亂長一把，內容幾乎全分配在男女主角的放閃過盛描述……」

「欸，他說的那些真的是在對美少女遊戲致敬吧？並沒有瞧不起的意思吧？」

※　※　※

「欸，出海。」

「什麼事，倫也學長？」

時間接近晚上十點。

我收拾了電視螢幕前的桌子，進入地板上只留電玩主機、零食、飲料的「戰鬥狀態」，肅然將電玩主機開機以後，差不多已經過了一小時。

順帶一提，這次所選的遊戲是……呃，基於諸多因素，請容我隱瞞作品標題，原作是誕生於數年前，ＰＣ美少女遊戲可以說仍處於全盛的時期，還逃過了當時在家用遊戲界專門經手移植而為所欲為的垃圾廠商魔掌，達成了奇蹟似的良性移植……啊，不行，這方面的事情一談起來似乎會越陷越深，容我省略。

總之，那就是一款年代稍久，正因如此才能當上經典，無論任何時代的美少女遊戲玩家都能感受到相當於最大公約數的萌點且具泛用性的好作品。

「妳最近狀況怎樣？假如有什麼煩惱，可以跟我商量……」

「啊，等一下，『不會喔，完全沒有！不過，原來健二學長一直都有看著我啊……菜菜美好感激♪』學長，菜菜美的好感度計量表提高了耶！」

「……不，我沒有要妳邊玩邊朗讀遊戲裡的文章，我談的是現實生活。」

另外，在舊一點的遊戲偶爾就會見到這種設計，本作也配備了依男主角答話方式提升好感度的系統，不過大多無關於遊戲性因此可以放心。

「角色設計有進展嗎？妳有沒有陷入創作低潮期？」

「啊，啊～～……學長是指那個喔。」

當我出戲的旁白正在對遊戲內容做長串解說時，現實中的我則把話題帶到了今天「自己要談的正題」。

沒錯，就是之前加藤提醒的「出海那邊的進度」。

「欸，出海，我剛才也說過了，有什麼煩惱可以跟我商量……」

「討厭啦，學長，我並沒有什麼大不了的喔。」

「是、是嗎？」

「啊～～對不起！說的也是，最近我確實都沒有交出設定稿嘛～～」

然而，加藤和我操的心都被擱到一邊，出海身為當事人，表現出的反應並沒有跳脫她平時的本色。

「呃，那也是一點啦，不過妳想嘛，在黃金週假期時……」

「對呀，澤村學姊……柏木英理的主視覺圖像，確實非常厲害。」

「哎，就是啊。」

即使如此，那時候，出海肯定對英梨梨的圖有了某種感受。

要是那造成她歇手不畫，事情就非同小可了。

「當時，我確實有信心被徹底打垮的感覺……刺激強得像是身為繪師的自己被否定，還懷疑自己過去所做的算什麼……」

「出海……？」

然而，像這樣化為文字就顯得非常深刻嚴重的心境……

現在的出海卻能帶著海闊天空的表情去面對，並且睜大雙眼，語氣清晰地將那表達出來。

「我不想……輸給她耶！」

「這……樣啊……！」

因此，我可以料到，她接著會說出的可靠話語。

「唉唷～柏木英理真的好討厭！每次都要擋在我前面，還每次都進步得比我快～～！」

「呃，也沒有每次啦。」

「每次都有！她明明那麼厲害卻一點都不成熟，還百般刁難想要擊垮我～～！」

「沒有啦，那是因為……哎，那傢伙不成熟。」

從我開始比較她們倆的圖差不多過了一年。

要讓我來說，她們的進步速度、畫技和「厲害程度」比序總是在變動，根本無法預料。

所以，身為當事人的英梨梨和出海，肯定也都料不到對手會怎麼出招或進步，而對彼此的圖抱有相同的畏懼、崇拜和排斥才是。

「所以嘍，我現在非常有動力……我要讓那個天才見識雜草的頑強與韌性！」

因此出海對自己的定位，或許在對方看來根本就完全相反了。

哎，不過，至少那比堅信自己是天才更讓人有好感。

「那我不用擔心妳嘍？我只要張著嘴巴等角色設計出來就好嗎？」

「不要緊！現在的積稿都是草圖。只是因為靈感一直湧現停不下來，所以才一張都無法謄稿～」

「是喔，那我會期待。」

結果，加藤與我操的心，似乎都可以用杞人憂天作結。

出海以創作者來說能力雖強，卻還能保持稚嫩。

……這樣形容，也許會讓同為高中生的英梨梨生氣就是了。

不過，創作者的年齡和真實年齡是兩回事。

創作者的年齡，是由經歷來決定的。

相較於開始畫圖已經超過十年的英梨梨，出海畫圖還不到三年。

所以，她還不會止步。

她對自己創造的作品不會有疑問。

身為創作者只要年紀增長，任何人遲早都要對自己創造的東西感到疑問，面臨不會僅限一次的歇手時刻。

然而，那對出海來說肯定還是以後的事。

對目前仍不成熟的我們來說，我想那會是最大的優勢。

「好，那現在只要熬夜享受美少女遊戲就夠了。我們來玩吧，出海！」

「啊，等一下……『好、好的，如果學長想要，菜菜美也願意……不、不過人家會不好意思，請學長要關燈喔……』」

「玩電玩的時候要保持房間明亮並且遠離螢幕啦！」

再說目前還在共通劇情線。

※　※　※

菜菜美『早安，健二學長，今天也是好天氣呢！』

「…………（發呆～～）」

「…………」

菜菜美『啊，鐘聲已經響了。唉唷～～跟健二學長在一起，時間就過得好快～～』

「…………（發楞）」

「…………」

菜菜美『啊，健二學長，吼～你好慢喔！我已經等了三十分鐘耶～你看，我的手都變得這麼冷了。』

「…………好好喔～這款遊戲。總覺得都不想從裡面的世界離開了。」

「就是啊～」

時間是深夜十二點半。

我們兩個像泡在微溫的溫泉那樣呆望遊戲畫面，並且一臉陶陶然地看著表情換來換去的角色站姿圖。

「角色們都感情很好不會吵架，也沒有人罹患重病或具備複雜的家庭背景……」

「雖然我不確定這樣算不算破哏，不過遊戲裡也沒有人會死，更不會突然冒出訂婚的對象喔～」

從開始玩遊戲已經超過三個小時，在遊戲裡也過了兩個月的時間。

即使如此，遊戲內的進展依然平淡得叫人吃驚，都在跑共通路線裡溫馨和睦的劇情。

「角色之間的互動都沒有什麼巧思，而且所有人齊聚的對話場景來來去去全是同一套。」

「妳那是在誇獎吧？出海，妳有玩出樂趣吧？」

「不過，可愛的菜菜美比那些都重要！」

「對啊對啊，她真的很可愛～」

而且，在那種不慍不火的劇情進展中，出海仍逐步攻略著她所主推的學妹型女角，渡瀨菜菜美。

渡瀨菜菜美，在主角等人就讀的「私立環球學園」這個校名讓人聽了會忍不住為之一怔的學校中，是隸屬一年級的學生。

堅強勤奮的她，雖然也有些迷糊和不懂看場合的毛病，不過那同樣是她可愛的地方。

「學長，你看你看，我就是喜歡她這張淚汪汪的站姿圖～」

「我了解我了解～」

不過，那些除了說明書上有記載以外根本沒意義的瑣碎設定，其實都無關緊要。

用CG畫的臉可愛，由聲優賣力演出的聲音也可愛，再加上她對男主角完全傾心，光是這樣就沒話說了。

「啊～這真的好棒喔。沒什麼有趣的地方卻好萌～無聊歸無聊卻能療癒心靈～」

「很高興妳可以玩出樂趣，不過也下一點工夫在誇獎的方式上面吧，出海～」

※ ※ ※

後來，又過了一個小時……

我們依舊泡在不慍不火的共通劇情線裡面。

千夏『早安啊，健二。今天也是好天氣耶。』

「…………（不爽）」

「…………」

千夏『啊，打鐘了，該回座位了……欸，健二。為什麼午休時間這麼短呢？』

「…………（火大）」

「…………」

千夏『唉唷，健二你好慢……我一直在這裡等，被其他回家的同學看了很丟臉耶。』

「…………啊啊啊啊啊，這個叫千夏的青梅竹馬好讓人火大～～！」

「出什麼事啦啊啊啊啊～～！」

明明對話內容幾乎都是兼用……在各角色之間具備共通性，為什麼會玩成這樣？

「因為因為，這個叫千夏的青梅竹馬早上都會叫主角起床，還一起吃早飯，到了學校還要像這樣跑出來搶戲！」

「哎，她家就住隔壁，又跟主角同班，何況她是封面主打的女角……」

「有規定說封面女角的戲分就必須最多嗎？至少她在學校可以把戲分讓給菜菜美嘛！」

真中千夏，私立環球學園二年級。

和主角神谷健二同班，同時也是比鄰而居的青梅竹馬。

會代替被派駐海外的健二父母幫忙照顧他，是個有些好事的女生。

而且還是以全校第一可愛聞名的美少女。

還有還有，她當然也只專情於主角。

在廠商辦的官方人氣票選中，她當然也是高票獲得冠軍，簡直凝聚了玩家心目中「希望女生像這樣」的想法於一身，堪稱第一女主角中的第一女主角。

「不、不過，她又不會妨礙主角跟其他女角戀愛，妳也不用那麼介意……」

但即使如此，正如同之前一再重申的，這是款劇情不慍不火的賣萌遊戲。

因此，千夏不會在主角攻略其他女角時跑出來上演三角戀，也不會嘗試用肉體來留住主角的心，更不會在被甩的時候配合專用劇中歌落淚。

「無論學長再怎麼幫忙護航，看了會煩的角色就是會煩嘛……！」

「呃，那個，我不確定這樣算不算破限啦，不過千夏在進入其他女角的個別劇情線以後，就會溫馨地從旁守候男女主角，有時候還會給予適當的建議……」

「那樣我反而更討厭她了！像這種自命為大老婆的感覺，或者應該說『只有我才懂健二喔』的感覺，讓我非常非常非常不滿意……！」

「是、是喔……？」

後來，我跟出海協商到最後，就把設定項目的「未讀劇情快轉」調成ON了……

※　※　※

菜菜美『好、好的，如果學長想要，菜菜美也願意……不、不過人家會不好意思，請學長要關燈喔……』

「…………（吞口水）」

「哎，哎呀～～虧這段台詞留得下來～～一般在移植家用主機時都會刪掉的說。」

經過東拉西扯，在時間過了半夜三點的時候（遊戲裡過了四個月），出海的心願才終於實現，遊戲進入菜菜美的個人劇情線。

然後男女主角開始交往過了一個月（早上四點），兩個人總算進展到床……進展到恩恩愛愛的場面了。

菜菜美『健、健二學長……呃，學長，請你也閉上眼睛嘛。』

「…………（抖抖抖）」

「對，沒錯沒錯！有段時期就是流行這種閉眼睛的特寫ＣＧ～～！當玩家也貼到螢幕前面時，畫面就剛好瞬間轉暗映出自己的臉，看了真想死～～」

假如是和女生一起「實踐」也就罷了，玩到和女生一起「觀賞」會覺得於心不忍的那種場面，我就亢奮得像和男性朋友開ＡＶ鑑賞會時一樣多嘴地吐槽了。

呃，雖然我並沒有跟男生聚在一起開過ＡＶ鑑賞會。

倒不如說，以往我也逼迫……推薦過不少女生（比如加藤和美智留）玩這種場面，不過她們要嘛淡定帶過，要嘛就露骨地表示排斥，那我反而不會覺得尷尬的樣子。

可是，該怎麼說呢？像出海這樣對遊戲投入得太過認真，總覺得……

菜菜美『這樣子，健二學長就是我的了……而且，我也是學長的了……呵呵，呵呵呵。』

「啊啊啊啊啊啊啊～好萌喔喔喔喔喔喔喔喔喔～～～！」

「唔哇啊啊啊！」

於是，出海她……終於突破極限了。

「好可愛！好想疼惜她喔！超揪心的！欸，學長！我可不可以在地上稍微打滾～～！」

「呃，妳早就在到處滾了，妳揪心到整個人翻跟斗了！」

她握著遊戲手把在地上滾，還發出怪聲……發出歡呼慶祝菜菜美喪失處……戀愛結成正果，高興得像自己的事情一樣……以上敘述，我有試著慎選詞彙來表達。

「唔呵呵呵～～唉唷～～我就算不從這個世界回歸現實也可以～～」

「出、出海……！」

出海那種以往從來沒對任何人露出過的興奮反應，讓我看得說不出話。

然而，我既不是傻眼，也不是戰慄，更沒有不敢領教的想法。

畢竟我從很久以前就認識某個會有這種反應的傢伙……

雖然我自己並沒有直接目睹過，不過，只要是認識我的人，肯定就看過才對。

沒錯，那個人就是……

「對吧？對吧！菜菜美有夠萌的對不對！」

就是我。

「爆萌的！我們結婚了！我和菜菜美結婚了！」

「恭喜……恭喜妳結婚，出海！」

「謝謝你，倫也學長！」

在猛烈湧現的共鳴感促使下，我和出海緊緊地握住彼此的手。

沒錯，現在的出海，簡直就是我。

如假包換，程度跟我有得比的超積極型妄想宅。

既然這樣就不必放水了……

「不過呢，出海，妳光這樣就被萌死，接下來身體可撐不住喔。」

「之、之後的劇情也會那麼猛嗎！」

「是啊，畢竟這並不是內容單薄到做完第一……恩愛過以後就可以迎接結局的成人遊……賣

萌遊戲！接下來還會出現好幾次兼用卡，在親熱場……恩愛場面看到一再重覆的ＣＧ和文章！妳有承受那一切的心理準備嗎！」

「不要緊！我會繼續一直滾！」

「說得好！那接下來我也一起滾！覺悟吧，出海！」

「請學長才要緊緊跟上呢！」

「那是我要說的台詞啦啊啊啊啊～～！」

直到上一刻還羞於幫忙導讀遊戲的自己真是羞恥。

假如我自己玩遊戲，還不是會跟出海做出一樣的反應。

既然這樣，我們兩個合力肯定就無人能敵了……

菜菜美『欸，學長……離早上還有時間喔。所以，我們再來一次，好不好？』

「「啊啊啊啊啊啊啊啊啊啊啊啊啊～～～～！」」

※　※　※

菜菜美『健、健二學長……呃，學長，請你也閉上眼睛嘛。』

「…………（呆～～）」

「…………」

「……欸，學長。」

「……嗯～～？」

「……這個場面，已經是第幾次出現了？」

「我從第五次就放棄數了……」

於是，到了週六的清晨六點。

當天空泛白，外頭響起麻雀或鴿子的啼聲，城鎮即將醒來時……

「我在現實中已經快要照著菜菜美說的閉眼睛了～～」

「所以我才說後續一直會有同樣的場景啊～～」

菜菜美的個別劇情線，還有很長很長很長很長的後續……

早上，菜菜美來主角家接送，然後一起牽手上學，到了學校又被朋友們取笑，午休在樓頂讓她餵親手做的女友便當，放學後則在主角房間度過「兩人獨處」的時間，直到她夜深回家。

……如此毫無變化的日常生活，差不多持續了一個月。在遊戲中的時間。

「所以，這樣子遊戲進度到底跑多少了呢？」

「我不確定這算不算破哏，不過像這樣持續發生相同互動的生活再過將近一個月，就會顯示出『過了幾年以後』，接著就瞬間進入結局……」

「啊～後面的不用再說了～光是知道至少還要持續兩小時就覺得好膩～」

「加油，出海……」

「沒關係啦，反正很幸福～」

「就是啊～」

結果，一直泡在這種和共通路線沒法比，簡直不慍不火到極點的劇情裡，出海終於整個人都癱了。

發呆背靠著床鋪的她越靠越低，姿勢已經可以說是用躺的也不為過。

「我連男女主角在床……恩恩愛愛的台詞都全背起來了啦。」

「畢竟台詞多歸多，套路卻很少啊～」

大概是被菜菜美催促的關係，出海的眼皮快要闔上一半，連究竟有沒有看畫面都難以分辨。

「喂～快點跑遊戲啦，出海～妳說要努力四十八小時的拚勁是怎麼了～？」

於是，遊戲手把終於從她手中脫落了。

「學長在說什麼？我有在玩啊～」

「騙人～」

「真的啦～」

電視畫面上的訊息視窗變得不動了，只剩亂有情調的配樂在循環。

「菜菜美的台詞沒有播出來喔～」

「你在說什麼啊？明明就有～」

出海要賴似的反駁我，可是她已經連頭都抬不起來，始終趴在地上沒有提振的跡象。

「總之，想睡就躺床上吧，要蓋被子喔～」

就這樣，看來狀況是美少女遊戲四十八小時馬拉松不得不暫停了。

為了從衣櫥拿被子給出海用，我正準備起身……

「『學長～我喜歡你，最喜歡你了。』」

「咦……？」

於是，我聽見遊戲再開的殺聲。

「『嗯，沒錯……請學長就這樣，緊緊抱著我。』」

「出……出海？」

然而，那陣語音是發自與電視喇叭不同的地方。

而且，那陣語音和扮演菜菜美的聲優不一樣。

「『學長，好溫暖喔……而且，味道好好聞～～』」

「等、等一下！」

感覺撒嬌味十足的那陣說話聲，冒出來的地方是……我低頭看了躺在自己旁邊的出海，發現她的臉依然趴在地板上，然而她的手，卻緊緊地揪著正準備起身的我的襯衫下襬。

「你看，遊戲還是有在繼續跑～～對吧？」

「啊……」

簡單來說，這是出海的藉口。

「那就繼續嘍……『欸，學長，我們這樣是第幾次了？我們擁抱在一起幾次了呢？』」

畫面（並沒有）還在播送菜菜美的台詞。

出海她沒有睡著。如同她自己宣言的，她還在玩遊戲。

沒錯，她只是牽強地找了藉口。

……只不過，那樣的藉口太窩心了。

「『你說嘛？倫也學長？』」

「健二學長才對吧！」

「錯了啦，你要說『過來吧，出海』才對啊？」

「錯了啦！至少要改成『過來吧，菜菜美』才對吧！」

「呵呵～我明白了～♪」

「唔、唔喔……！」

出海的手像殭屍一樣伸來，把差點站起來的我又拖回地板。

接著，她把頭躺到了被迫坐在地板的我腿上。

而且在那樣的姿勢下，出海還轉了轉頭把臉埋過來。

就這樣，基於諸般因素，我身上大腿以下的部分就被某種軟嫩有彈性且難以形容的觸感包裹住，使我陷於起不來、躺不了、動都無法動的狀態……

「『欸，學長……請你摸摸我的頭嘛。』」

「摸、摸頭……？」

我連出海是故意胡鬧或半夢半醒都不懂了。

「『請你摸摸我的頭，哄我乖嘛。』」

是的，我什麼都不懂。

要說到我唯一懂的就是……

「乖……乖乖～乖乖喔喔喔喔喔……！」

愛撒嬌的學妹最強……不，學妹型女角最強。

沒有背叛、橫刀奪愛和霸凌，無後顧之憂的恩愛橋段最棒了。

※　※　※

「……呃～～早安啊，安藝？」

「……唷，加藤。」

「…………（呼嚕～～呼嚕～～）」

週六，早上十點。

太陽高高升起，城鎮也開始活動，週末假期準備正式開始的時候。

「昨天，我收到了出海疑似在玩遊戲的實況轉播訊息，才姑且過來探望軍情的。」

「那真是謝謝妳喔。」

「…………（嘶嚕嚕嚕～～）」

畫面上，有閉著眼睛不動的菜菜美，以及曲風亂有情調的配樂不停在循環。

現實中則有閉著眼睛不動的出海，以及被她牢牢扣住下半身而無法動彈的我。

我的房間就像那樣，處在有如時光停止的狀態下，結果一派自然地跑進別人家，還理所當然地上樓打開房門的來訪者（加藤），終於讓時光重新轉動了。

「所以，現在的狀況是……？」

「妳等出海醒來以後再向她本人問情形吧。我不會找藉口。」

「…………（嘶～）」

「你答得那麼乾脆，我反而有『微詞』耶。」

「反正妳才不覺得我們會鑄下什麼大錯吧？」

「有嗎？」

「……沒什麼好提。」

「嗯，我就知道。」

「啊，是喔。」

「…………（呵呵～）」

不曉得這算是信任我對二次元的深厚愛意，或者瞧不起我對三次元的窩囊度……雖然恐怕是後者不會錯。

「不過呢……加藤，我今天發現了一件重要的事情。應該說，我醒覺了。」

「是喔。啊，這麼說來，你和出海都還沒有吃早餐對不對？」

「……妳都不問我是對什麼醒覺喔。」

「啊，你希望我問嗎？那請說。」

「我發現，黏人的學妹型女角果然很可愛……那種惹人憐愛的感覺是不分二次元或者三次元的……！」

「所以嘍，我姑且做了三明治帶來，差不多可以叫醒出海一起吃早餐了吧？」

「妳也不用那麼看不起我吧，加藤小姐！」

第三章　戲分少歸少，還是留下了強烈的印象……希望如此

「阿倫晚安～我進來嘍。」

※　※　※

靜流『早安，健一。好了啦，快起來快起來！今天也是好天氣喔～』

「…………（不爽）」

「…………」

「…………」

週六，晚上七點多。

當太陽下山，空氣取回涼意，城鎮開始沉靜下來時……

靜流『啊，打鐘了。要回座位才行……唔～我明明想一直跟健二在一起的說！』

「…………（火大）」

「阿倫～我來玩嘍～咦，今天也是全員到齊耶～」

「美智留？」

「啊，冰堂同學，晚安。」

相隔幾小時，有新的來訪者出現在依舊沉浸於遊戲的我們三個身邊。

提到那個來訪者嘛……

靜流『我們走吧，健二！跟你說跟你說喔，我今天晚餐想吃咖哩～欸，健二，幫我和千夏拜託看看嘛～』

「…………啊啊啊啊啊啊，這個和主角是表親的隱藏角色看了就讓人生氣～～！」

「唔哇，波島妳怎麼了！」

「又來啦……」

「出海，妳是不是該回家比較好了？」

沒錯，那個來訪者同樣是社團的一分子。

而且，她和我是表親，同時也是隱藏角色……沒有啦，來者就是美智留。

「啥？遊戲裡的隱藏女角？那什麼意思？」

「哎呀，這當中有許多複雜的背景……」

神谷靜流。從遊戲第二輪以後，在某種條件下會轉到私立環球學園二年級的轉學生。

和主角神谷健二同班，同時也是表親。

靜流的父母也和健二相同，已確定會派駐海外，根據兩對父母的「合理判斷」，她就到了健二家裡同居，是個態度稍微親暱過了頭的女生。

若要進一步介紹，體育全能的她更是轉眼間就成為全校話題的風雲人物。

還有還有，她對所有人親切歸親切，內心其實只鍾情於主角。

簡直就是凝聚了玩家心目中「希望女生像這樣」……啊～～我看不用多說了，反正本款遊戲只有那樣的角色。

「請妳聽我說啦，美智留學姊！這個叫靜流的表親好過分！我才想說她怎麼一點前兆都沒有就突然轉學過來，結果不管在家裡或學校，她黏在健二學長旁邊的時間都比青梅竹馬千夏還久，煩都煩死人了！」

於是，有個對主角好、對學妹型女角菜菜美大概就不好的隱藏女角出現，使得出海發飆了。

「……哦～～是喔～～跟學長要好的表親讓妳覺得很煩嗎～～原來妳平時都那樣想的啊，波島～～」

「啊～～沒有啦，她純粹在氣靜流這個角色而已……」

於是，出海生氣過頭，矛頭就指到了和角色根本無關的美智留。

對，儘管根本扯不上關係，她的矛頭還是指到了身為表親，而且一點前兆都沒有就出現在我房間，態度又亂親暱的美智留身上……呃，兩者根本無關對不對？

然而，美智留終究比出海大兩歲，面對出海那種不講道理的生氣方式，她既沒有挑釁，也沒有反駁……

「不過，這樣喔……那個跟主角是表親的角色有轉進同一間學校啊……那樣確實過太爽……看了好煩耶～～」

「就是啊，美智留學姊，妳也那樣覺得吧！」

「……美智留？」

可是她卻變得莫名消沉……

呃，為什麼？

※　※　※

週六，近晚上九點。

當太陽徹底西沉，空氣稍微轉涼，城鎮變得寂靜時……

「那我們回家嘍，安藝，美智留同學。」

「受你照顧了～倫也學長～」

「掰掰，小加藤，波島～」

「……出海就麻煩妳了，加藤。」

出海對學妹型女角菜菜美融入太多感情，以至於在攻略第二個角色的過程中受挫，到最後就發生了活力耗盡的狀況，只好將先前的規劃縮短一天並踏上歸途。

「我們走吧，出海。我送妳回去。」

「謝、謝謝惠學接～……請順便到我家喝杯茶再州～」

「啊，這個時間似乎會碰到妳哥哥，所以我不要……不是啦，妳的家人應該也在家，我看還是不用了。」

「……加藤？」

就這樣，由加藤攙扶的出海晃呀晃地踏著可愛的腳步逐漸從視野消失了。

雖然加藤也一起消失了，不過她今天的隱形性能比平時還高，感覺從最初就不在。

「話說回來，你每週都帶女生到家裡～阿倫的後宮在現實中也逐步完成了耶～～」

「……這算電玩集宿啦。出海待的不是我的房間，而是私立環球學園。」

「基本上，為什麼遊戲裡的學校要取那麼隨便的名字？」

「被每天在現實中過得隨便的妳一講，遊戲製作者還真站不住腳……」

美智留揮手目送兩人，直到她們的身影消失以後，她便帶上玄關的門，然後一邊腳步輕快地上樓梯，一邊像平時那樣消遣我。

因此，我轉頭不看她那輕快有彈性暴露度又高的臀部及大腿，還像平時那樣發出聽似牢騷的反駁。

「哎，話是那麼說啦，阿倫，假如你太得意忘形，又跟之前一樣害社團瓦解，到時我可不管喔。反正我心胸寬大，跟某人不一樣，不會悶不吭聲對你施加壓力，所以無所謂就是了～～」

「社團會拆夥才不是因為人際關係啦！方針有差別嘛！還有妳說的某人是誰啦！」

基本上，玩樂團的人動不動就會用「彼此音樂性不同」之類的理由解散，我才不想聽那樣的人說教……

「好啦，結果妳是來幹嘛的？」

「來做社團活動啊，阿倫。我想弄遊戲新作的配樂，順便也弄一下樂團的新歌～」

「在自己家弄啦，妳回自己家弄……」

「你在說什麼～因為是遊戲要用的曲子，對遊戲不了解就寫不出來吧。所以我有許多事想來跟你討教啊～」

美智留目送加藤與出海以後，一回到房間終於就現出本性（雖然她平時也沒有隱藏），活像這裡的主人一樣地端坐在床上彈起吉他了。

「話是那麼說啦，其實我的劇本連一行都還沒有生出來，根本沒什麼可以教……」

「不過，之前你說過大綱已經完成了對不對？我聽說只要有那個，應該就可以對配樂下指示了耶。」

「哎，那個嘛……」

遊戲、動畫、劇集或電影的配樂……也就是所謂的ＢＧＭ，在這年頭的製作程序中，幾乎都不會等影像完成才配合畫面來譜曲。

首先在企畫、編劇的階段，就會由參與到企畫的人來決定在什麼場面需要什麼氣氛的音樂，然後照其形象將案子發包給音樂負責人，這就是最普遍的做法。

因此美智留所說的極為合情合理，假如守不住這項原則，導致配樂、劇情事件圖、背景等等都沒有發包出去，讓後續的製程一塌糊塗並拖垮整個企畫，誰算是罪魁禍首呢……啊，沒事，那在目前並不重要。

哎，不過話說回來……

「對了，美智留，妳在不知不覺中對遊戲製作的事情變熟悉了耶。」

「咦？啊，不會啦……有嗎～～？」

沒錯，美智留點出了遊戲製作的本質，那是她的成長。

像那樣累積對配樂的知識，還在稍早階段就打算認真著手譜曲的她，和以往把電玩叫成「嗶嗶嗶」的電動玩具，還把御宅族當成異次元生物不願多理解的她，感覺並不像同一個人了。

「呃～～阿倫，我是覺得自己以後還要繼續跟你搭檔嘛，既然這樣不好好用功總不行。」

「美、美智留……我說妳喔……！」

是的，她成長了……

幾個月前，社團瓦解時……不對，由於社團方針上的差異，我們「blessing software」遭遇了巨大的變化……

英梨梨脫隊，詩羽學姊脫隊。

接著出海加入，伊織順便也一起。

儘管我們著眼的全是像那樣劇烈的變化。

然而社團裡不是只有那種「變化」，也有「進化」的新芽確實在生長。

我們「blessing software」的確與以前不同。

因為，我們變得比以前更厲害了……

「好啦，因為如此，快點把配樂的指示書交給我啦。按照期程，阿倫你那邊應該已經完成了對不對？」

「對不起，非常抱歉，請再等我兩小時左右～～！」

不，除了我負責的企畫／劇本這部分以外。

※　※　※

靜流『健、健二……你是認真的啊？你真的想要我？』

「呃～～節拍應該像這樣……」

「…………」

東忙西忙後，也已經到了週六晚上十點。

靜流『等、等一下，健二……你現在的眼神，和野獸一樣喔。』

「至於音調……呃，好像不是這樣？再調低一點……」

「…………唔。」

由出海交棒給美智留以後，從電玩集宿變成作曲集宿的這場社團活動耐力賽差不多快要經過整整一天了。

……另外，仔細一想我的腦袋是從星期五早上轟轟烈烈地連續運作了大約四十小時。

靜流『啊、啊哈哈……我們偷嚐禁果了耶。我們明明是親戚的說……健二，你好壞。』

「……欸～～阿倫。」

「唔……怎、怎樣啦！」

「我現在要試著彈兩種版本，可不可以幫我選選看哪種比較好？」

「不、不用啦，妳先把兩種曲子都譜出來。反正說不定兩邊都會用到。」

所以，在那種狀態下的我領悟到自己實在守不住「再等兩小時就好」的承諾，只好老實對美智留招認，拜託她讓我把這次的社團活動延期。

可是美智留卻說：「不然你用這款遊戲的類似場景來代替指示內容嘛。」然後就參考剛才出海玩的某款市售美少女遊戲，用當中的上……恩愛場景做起曲子了，目前狀況正是如此。

哎，先不管那個……

「先不管那個啦，阿倫。」

「妳又怎麼了……」

「為什麼你從剛才聲音就一直變尖？」

「沒什麼特別的理由！」

把這個女主角的恩愛場景用來當範例，在各方面都太不妙了。

呃，並不是因為女主角跟男主角有表親關係，也不是因為主角在這個場面跟個性開放的女生自然而然成其好事，更不是因為裡面參雜了在親戚關係方面亂有現實感的台詞，和那些無關……

「欸～～為什麼為什麼～～？」

「唔……」

沒錯，並不是那樣。

反正才不是因為作品中的表親型女角靜流也會像這樣光著腳丫子用腳尖在主角背上蹭的關係啦。

「啊哈哈哈哈～～不錯喔不錯喔～～這個叫靜流的女生。她就像人生中鑄下的大錯或者陷阱，超有那種『不可以選她當對象』的感覺～～」

「……是喔，妳那樣講喔。」

……嗯，抱歉，我承認自己選錯女角了。

至少該用菜菜美的劇情場景當範本才對。

「唔～～話說回來，總覺得這樣只能做出情調微妙的曲子耶。」

「哎，那就是恩愛用配樂的兩難之處。」

再提到美智留那邊，就像剛才提過的，她一面用腳尖對我瞎鬧，手指還一面用指甲撥弦忙著作曲，玩的把戲在身體和精神上都相當靈巧。

「我希望加一點玩心進去耶……比如用八拍節奏來編曲。」

「那樣氣氛就毀了吧……」

基本上，恩愛場景要用到八拍節奏，那會是多快的反覆運動啊。

「美智留妳聽好，所謂的配樂啊，不能自己搶風頭。它終究只是用來炒熱場面的附屬要素，非得遷就於影像或劇情才可以。」

「沒辦法在講好的期間內把那些場景指定好的寫手對我有意見耶～～」

「好痛。」

之前在我背後磨蹭的腳尖，這會兒踹到我的後腦杓了。

實際上，一般來說被女生這樣對待，可以算是非常屈辱的舉動了，然而在我過失明顯比較大的現狀下總不方便對她生氣。

還有，我也不能因為其他理由就把那當成福利來感謝。

「話說回來，這個場景有夠無聊的～男女雙方從剛才就只會黏過來黏過去，一點都沒有往後進展的動靜，我看御宅族不管男的女的都一樣孬吧～～」

「……美智留，妳不懂重點。」

我硬是忍住了一口氣，沒有說出：「他們在原作才不孬！何止如此，一〇起來就變成床第好手和在室浪〇了！」來反駁美智留那段顯然有問題的發言。

「妳聽好……萌和無聊只有一線之隔。」

「是那樣嗎？」

「沒錯，萌這種感情不在稍微覺得無聊的平穩狀態下，就無法充分享受到啦。」

「不過以電影來說，相較於無聊的場面，大多都是戲劇性夠強烈的場面才會讓人覺得男演員好酷、女演員可愛吧？」

「嗯，我也可以理解妳會那樣想。」

比方說，被逼到千鈞一髮的絕境再由英雄一舉大逆轉。

比方說，在女方生命消逝前夕，發生於瞬間的第一次兼最後一次的愛情戲。

比方說，在轉角撞到女生的男方不小心一頭栽進她的裙底……這個比喻太尷尬就不算了。

「可是……美智留，那樣並不算真正享受到該角色的魅力啦！」

「咦～～為什麼？」

「……因為那也有可能是吊橋效應。」

沒錯，在生死關頭、世界動盪間感受到的角色魅力，和那個瞬間發生的現象是不可分的。

換句話說，其實觀眾在那個瞬間對女方感受到的魅力，或許只是「她接下來會死掉好可憐」或者「沉醉於逆轉大獲全勝的感動」罷了。

「正因為如此，我覺得在無聊場景中感受到的『可愛』才算得上真正純粹無雜質的可愛，妳覺得呢！」

「呃，你問我，我問誰啊……」

另外，也有意見認為劇情炒作得太感人，反而會降低對煽情戲的興致，不過目前還是先保留那方面的主張好了。畢竟我們做的是普遍級遊戲。

哎，或許有人會反駁找藉口（我就是在談成○遊戲）根本已經沒用了吧。

「所以嘍，在恩愛時不需要催淚的配樂。熱血的配樂扔一邊去。要堅守悅耳動聽，又能烘托出女生魅力的陪襯品立場！」

當我那樣告訴美智留的時候，已經不是用彎腰的姿勢背對她了。

我一股勁地用毅然目光直直回望她。

而且，美智留也沒有用腳尖蹉在和她面對面的我的額頭上……假如她敢那樣，我們的親戚關係就真的不太妙了。

她動也不動擱在吉他弦上的指頭，只是專注地聽著我說的話。

「簡單說，就是要我做出無聊、單調而且不會有餘韻留在耳裡的曲子嘍？」

「有點不一樣。我要的是聽似無聊單調，餘韻卻會莫名地留在耳裡的曲子。」

「……要求得還真難耶。」

「對啊，妳別小看美少女遊戲的配樂喔。質與量都會被要求有相當水準的耶。」

「…………」

「…………」

這個房間裡的主從關係，彷彿有一瞬間變得對等了，經過那樣平起平坐的互瞪以後……

「喂，別跟我要任性啦。」

「好痛！」

美智留嘻嘻一笑……然後把熱褲底下的光溜長腿伸到我面前，輕輕地用腳尖點了我的額頭。

不行啦，我們這樣的親戚關係真的出問題了啦！

「那麼，為了做出無聊的曲子，我們來做無聊的事情吧～」

於是，美智留踢完那樣危險的一腳以後，立刻就若無其事地捧著吉他走下床，坐到我旁邊的地板上。

「喂，喂喂，太擠太擠了。」

「阿倫，空個位子讓我坐啦……然後，你轉身朝後面。」

「喂，妳要我轉、轉身朝後面？」

「好……就像這樣。」

「……啊。」

美智留硬是占走我的位子，硬要我轉身換方向。

到最後，她硬是要我用自己的背，來感受她背後的溫暖。

「嗯，這樣子……感覺真無聊～」

「美智留……」

隔著背後，美智留彈的吉他聲再次響起。

然而，旋律不只透過樂音，也透過她背後的震動傳了過來。

「阿倫明明離得這麼近，我卻沒辦法欺負……有夠無聊的耶。」

「別想著欺負我啦。」

「啊～～可惡，感覺好焦躁喔～～」

「……嗯。」

是啊，對美智留來說，這樣確實很無聊吧。

畢竟像這樣，我們就沒辦法看著相同的東西。

明明彼此接觸到這麼多部分，最要緊的手和腳卻觸摸不到。

因此，她沒有任何方法能鬧我。

嗯，這樣真的很無聊……雙方都一樣。

「不過呢，阿倫。」

「嗯？」

「感覺這樣子也不錯耶～～」

「……不予置評。」

「嘻嘻嘻～～」

「喂，別發出怪聲啦。」

像那樣，沒內容的閒聊仍舊持續，美智留的吉他也還彈個不停。

旋律既和緩，又溫柔。

奏出的樂音不會太快，不會太強烈，也不會太高或太低。

「不過，多虧如此，我好像可以譜出非常符合形象的曲子喔，阿倫。」

「這樣啊。」

宛如配合著彼此心跳的聲音，怦通，怦通。

而且，音色悠揚得好似彼此正溫柔地相擁。

「不過不過，阿倫果然沒種～」

「吵死了。」

※　※　※

「所以啦，出海似乎不要緊。」

「是喔～」

接著，到了週六的……不對，到了週日凌晨一點多。

美智留的「恩愛場面配樂」大致作曲完成，兩人都散發出慵懶氣息的週末深夜。

話雖如此，我們倆並沒有全裸蓋著被子或吞雲吐霧地抽著菸，所以請放心。

「出海確實有被英梨梨畫的主視覺圖像嚇到的樣子，不過那也讓她在這陣子提高了動力，好像可以期待不錯的成果。」

「原來澤村畫的那張圖，讓大家受了那麼大刺激啊？」

「……順帶一提，那張圖直到上週都掛在新宿的中央東口喔。被做成特大號的看板。」

「聽你那樣說，會覺得她已經遙不可及了耶～」

美智留漂亮完成這週的任務以後，既沒有睡覺，也沒吃東西，更沒有設法滿足三大欲求所剩的那一種，她依舊坐在地板上，還靠著我的背休息。

「哎，總之，關於出海的事情解決了。雖然有稍微壓迫到工作期程，不過照她的能力，之後還是可以補回來。」

「既然這樣，小加藤那邊才是問題，對不對？」

「嗯……」

不知為何，我卻找了那樣的美智留陪我商量社團的事情。

會談到這個，是由美智留起的頭。

當我實在體力不濟，將體重靠到她背上，有點快陷入失神的瞬間……

『欸，阿倫……目前，你正在煩惱社團的事情對不對？』

美智留意外拋來的問題讓我說不出話，同時睡意也全跑不見了。

之後，我原本想撇清說：『妳在開什麼玩笑啦？』不願意讓步的美智留卻說：『好啦好啦

〜讓身為大姊大的美美陪你聊一聊嘛〜〜』還堅持想介入社團的事情。

那是她滿足於工作告一段落才出現的熱心？或者她其實從之前就在操心？雖然我對這部分並不清楚……

「所以說，她都不願意跟澤村見面嗎？」

「對啊……她上個月明明有意願的，那張主視覺圖像出來以後卻又變得固執了。」

即使如此，我還是抵抗不了「有人可以吐苦水」的魅力，才會像現在這樣，把原本不用透漏的事情也對美智留吐露出來。

「哎，畢竟把澤村趕走的就是她，事到如今要和好也很難吧。」

「錯了啦，那是天大的誤會，加藤才沒有那麼黑心喔！」

「咦〜〜澤村和學姊不就是被她瞪得死死的，才會在社團沒有地方待嗎？」

「別那樣操弄加藤（第一女主角）的形象好不好？這個社團（這部作品）還要繼續經營下去耶！」

……哎，雖然美智留也穿插了好幾句這種不著邊際的閒話。

「加藤並不希望讓英梨梨和詩羽學姊離開啊……她本來是想讓社團一直維持當時那樣的。」

「啊〜〜你那些話千萬不要跟波島說喔。」

「可是，正因為如此，加藤才格外覺得自己被背叛了吧。」

另外，我會想找美智留商量，還有一個理由。

「阿倫，那對你來說也一樣吧？」

「就算那樣……我還是她們兩個的瘋狂粉絲啊。既然英梨梨和詩羽學姊身為創作者還能變得更加厲害，也許我心裡有個部分就是會原諒她們。」

「可是小加藤跟她們『只是朋友』嗎……」

「於好於壞，她們都只是朋友。」

因為平時陪我商量這種問題的加藤（對象），這次偏偏就是當事人……

「不過我越想越覺得，這個社團都是以小加藤為中心在運作耶。」

「雖然代表是我。雖然製作人是伊織。」

社團的第一女主角兼幕後功臣。

在不好說話的成員之間是潤滑劑，本身則是好說話的萬能幫手。

明明加入過程在所有成員當中最隨便，如今卻是在成員中對社團最有感情的女生。

「好啦，妳有沒有什麼建議？」

「有一個方案是……你不要再跟澤村牽扯上關係。」

「那樣不行。假如我那樣做，英梨梨會崩潰。」

「……你立刻就回答不要，或許也是小加藤固執起來的原因之一。」

「反正不行。麻煩妳朝讓加藤跟英梨梨和解的方向思考。」

美智留穿插的那句嘀咕，我有聽見約一半的內容，但因為還有另外半句沒聽見，所以我決定不予採信。

「唔～那……我什麼辦法也沒有。」

「哎，也對……」

於是，美智留根據那一點做出的回答，讓我感到有些洩氣，同時也覺得：「哎～也是啦。」

原本我所追求的，就是「有個人能聽我訴苦」而已。

那就是我最想要的，因此無所謂。

「不過，我知道有個人似乎可以幫你。」

「那會是誰啦？」

結果，當我好不容易打算自己下定論時，美智留又講出讓人覺得若有所指的話……

「先不管那個，看來你也成長了嘛，居然會煩惱和女生之間的關係～～！」

「妳在誇獎嗎？妳那是在誇獎我嗎？」

然後，她的話就結束在若有所指的地方了。

美美還是一樣壞心眼耶。

「不不不，我說真的～～你沒有逃避到動畫或電玩的女生那邊，又懂得和當事人們好好談，甚至還像這樣找別人商量～～」

「誰都不想失去友誼吧……不管是男是女。」

世上最恐怖、討厭且難受的就是人際關係瓦解。

大約在八年前，我就切身領會過那一點。

那種感覺到現在已經醞釀得差不多，成了身心雙方面都能感受到的傷痛。

「唔～～阿倫，你變成大人了耶。」

「不用勉強誇獎我。反正我的內在還是死宅男。」

美智留把雙手伸來後面，找到我的手以後，就把自己的手掌疊了上來。

背部加上雙手，那樣的暖意讓我明白自己的力氣、緊張和不安正逐漸放鬆。

「……那我們現在來做大人會做的事情吧，阿倫？」

「妳最近的慣用哏是不是換了！」

我總覺得自己實在無法不想起目前不在社團，又老是開黃腔的那個人。

第四章　你知道一直畫同樣的圖有多苦嗎？

「啊……」

「喔，加藤，不嫌棄的話要不要一起回家？」

新的一週開始，星期一的課順利上完（睡完），放學後的校門有學生三五成群地朝校外離去。

我看準加藤想趁著人潮化成眾多路人之一踏上歸途，就開口叫了她一聲。

實際上，我在這裡站了十分鐘左右堵人就是了。即使如此還是差點把人看漏。

「你怎麼特地等在這裡？明明你平時都只會傳簡訊告訴我在哪裡碰面，然後沒聽別人答覆就自己過去了。」

「我難得等妳耶，為什麼要說成那樣！和我一起走被朋友傳出去會讓妳覺得丟臉嗎！」

「丟臉倒不會，但我想即使是玩哏，聽你那麼大聲發飆就嫌煩了。」

「……那我們趕快走吧。」

照最近慣例，加藤的言行和應付我的態度都莫名黑心，儘管這讓我嚐到了微妙的落敗感，我依然等都不等她回答就朝車站走。

再提到加藤這邊，雖然她用了黑得像水墨畫一樣的平淡調調答話，說來說去還是緊緊地跟在我旁邊一起走。

真的，加藤最近大多都是這調調。

明明脫口而出的淡定台詞都會扎進我心裡，做的事情卻可以自然地打中我的「萌點」，實在讓我搞不懂該害怕還是該萌。

難道這也是友好度好不容易提昇，按照「安藝↓倫也↓倫」的順序，稱呼方式即將從第一階段進入第二階段，卻因為炸彈引爆又變回原樣而帶來的影響？

……啊，不懂剛才那段比喻的人只要簡單略過就可以了，我想。

「這個星期日？」

「嗯，十一點約在池袋貓頭鷹前面怎樣？」

「星期日……」

到車站的路上。

加藤把我口中連珠炮般的宅話題當門簾一樣撇開的畫面，並沒有照常出現。

在那裡，只有加藤對我真摯的邀請話語露出憂鬱神情，而且窘於回答的嚴肅高潮場面……

「何況英梨梨也說那天不是她的截稿日，可以吧？」

「唔、唔～～嗯。」

呃，我當然不是要邀她去約會喔，然而……

「啊，假如妳不方便，也可以改天就是了。」

「不會，我並沒有無論如何都推不掉的事情要忙……」

「那就沒問題了吧？啊，我要是礙事就會離席，假如妳們兩個獨處會尷尬，那我也跟妳們坐一起。」

沒錯，我邀加藤出門，是為了安排英梨梨跟之前一而再、再而三延期的她約會(和好)。

「加藤，妳不跟英梨梨講話快三個月了吧？總該氣消了不是嗎？」

我這套大好人的風範如何？

簡直像連非攻略對象的女配角都配不到，立場純屬男主角好友的男生吧。

「安藝，你過去和英梨梨有幾個月沒講話？從小學絕交以後。」

「……………………大概五六年吧。」

……對啊，我人好到都快哭了。

說真的，為什麼我受了那麼任性的傢伙拜託，就非得挖心掏肺幫忙到這種地步？

「既然那樣，三個月根本還是小意思嘛。」

「最初的半年尤其難受喔……離那個期間還剩三個月。」

「安藝……」

不過，呃，對了，這是為了加藤。

即使她再怎麼淡定、無動於衷又反應薄弱，目前這樣的關係，對當事人來說肯定不好受。

要說的話，我自己也痛切了解那種感覺……

「明明煎熬了那麼久才總算和好，現在她又離開社團，虧你還能跟她再次和好耶，安藝。」

「妳講了不該講的話！加藤，妳剛才按了我的心靈創傷開關對吧！」

「嗯，抱歉，剛才我是故意挑釁你的。」

「拜託別這樣啦，我現在有點想去死……」

雖然我自己也明白……不，正因為我自己明白，才難以忍受她理直氣壯地說那些話。

是的，這種心境就好比受到丈夫嚴重家暴，卻盲目認為「誰教這個人不能沒有我陪著呢」而無法逃離其身邊的妻子那樣……

「我問你喔，安藝……你心裡有沒有出現過正因為是青梅竹馬、正因為是好朋友才無法原諒對方的想法？」

「……有是有，不過很難受喔～」

「果然是那樣啊。」

於是，加藤在展現幾乎前所未見的黑心毒舌以後……

她發出了軟弱得讓人難以相信幾秒前才有那種言行的嘆息，然後軟弱地編織出話語。

「就像你說的那樣。」

接著，加藤一直望著前方的臉忽然轉向旁邊，朝我這裡瞄了過來。

那樣的表情與舉動簡直……不，無論怎麼想都是我自己會錯意，在心裡講講就好了。

總之，那簡直像在對我撒嬌……

「我好難受，倫也……」

「哎呀，真巧耶，兩位！不嫌棄的話要不要一塊兒回家？」

……高亢刺耳的說話聲突然穿過腦門，徹底打破了我那些妄想。

那是在我們不知不覺已經抵達的車站驗票口前面。

正要回家而人擠人的豐之崎學生當中，有個將褐色捲髮往上撥，還獨自穿著外校制服用神煩站姿杵在原地，光看就覺得做作的男生。

「伊織……？」

沒錯，那是我們的社團成員，同時也是出海哥哥的波島伊織……呃，在上週（序章）都已經介紹過了對吧。

「幸好有趕上。畢竟從我的學校到這裡要花三十分鐘以上。放學途中甩掉兩個女生的邀約趕過來算是值得了。」

「那還真抱歉，害你在女生之間的心動度下降。好啦，你來幹嘛？」

「其實我有點急事要談……倫也同學，能不能陪我一下？哎，就你一個人也可以。」

「我是沒關係啦，要問加藤的意見才行。」

「問她意見……為時已晚了吧，你現在要怎麼問？」

「你說為時已晚是什麼意思？欸，加藤……啊！」

沒錯，狀況根本就「為時已晚」了。

加藤短短幾秒前應該還在我旁邊，卻好像不知不覺中就電光石火地飛快穿過了驗票口，目前正隔著電車的門背對我們這裡。

而且隨著警示聲，只見她的背影正逐漸從視野中遠去。

「哎呀～～我被討厭得真徹底耶，倫也同學。啊哈哈。」

「可以爽朗笑得像別人家事情一樣的你好猛。」

倒不如說，他們關係惡劣成這樣哪是英梨梨能比的……

※　※　※

「你要問出海的狀況？」

「對，就是她在你家集宿玩遊戲的時候。」

當我們搭上比加藤晚一班的電車，一起坐到空下來的座位時，伊織就改掉方才那種吊兒郎當的態度，用認真的臉色坐正對我講話了。

……假如他從一開始就用這種態度，我想加藤的排斥感也會緩和一點才對，不過先不談這些好了。

「伊織，我先跟你聲明，出海確實有在我家過夜，可是我們之間什麼都沒發生喔。」

「用不著你說，那種事情大家都知道。我想問的是出海在玩遊戲時的狀況。」

「是、是喔……」

態度認真就可以順口認定別人沒種嗎？儘管我心裡留有這種疑問，不過還是先不提好了。

「倫也同學，你讓她玩了『單就』萌來說屬上上之選的遊戲吧？出海有什麼反應？」

「這個嘛，她萌的似乎是像小狗狗那樣的學妹型女角菜菜美，相反的，對於黏人的青梅竹馬型女角千夏，還有灑脫的表親型女角靜流就不中意了。由此可以分析……」

「你不用分析她對女角的喜好或者戳中萌點的屬性。」

「咦～～」

還有，態度認真就可以將我這個美少女遊戲大師安藝倫也既冷靜又敏銳的分析內容撇到一邊去嗎……

「對於遊戲本身或者圖像，她有沒有接收到什麼靈感的樣子？」

「要說的話，出海對女角造型和圖像有所感觸的程度，足以讓她歌頌『菜菜美好可愛』五十八次的樣子。劇情那部分姑且不提。」

「你有沒有看到她陷入思索或苦思的樣子？」

「沒有，她跟平常一樣活潑，好像玩得非常開心耶。」

「這樣啊，明明如此……」

伊織聽完我那理應毫無負面要素的報告，卻莫名其妙地變得沉默，臉色也跟著沉了下來。

接著，他做作地將手指湊在額頭擺出沉思的動作，持續一會兒以後，就一面輕輕撥起頭髮，一面轉向我這裡。

「其實呢，當時出海稍微陷入了創作低潮期。你有發現嗎，倫也同學？」

先不管討論的內容，這個人不特地擺動作就講不了話嗎？煩死了。

「的確，她最近都沒有交出新的設定稿。」

「不，其實出海完成的步調還算穩定。但是我要她停筆了。」

「啥？為什麼？」

「我說過了吧，因為她在低潮期啊。」

「伊織……？」

儘管我總覺得伊織將事態的嚴重度強調得很刻意，卻對他講的內容聽不出頭緒，只能露出納悶的表情。

「所以我才打算把事情交給你處理……為了讓出海想起我們要做的『美少女遊戲』是什麼樣的東西。」

「原來出海都有在畫圖嗎……？」

於是，依舊聽不出頭緒的我，只做得出伊織並未期待且不著邊際的反應……大概吧。

「星期日以後，她又開始畫了……到今天早上，連所有女角的線稿都完成了。」

「那很棒不是嗎！那之後只過了一天吧？真不愧是出海！」

「……即使照目前的狀況進展下去，也沒有用處。」

「嗯？咦？這、這是為什麼？」

所以，儘管我察覺到自己和伊織的溝通越偏越遠，卻沒有辦法把軌道修正回來。

「……欸，倫也同學。」

伊織大概是放棄導正我們之間那種不協調的氣氛了，他最後只說了這麼一句話，然後就閉上眼睛沉默不語。

「要不要現在來我家一趟？」

※　※　※

「進來吧，倫也同學你別顧忌。」

「正常都會顧忌的吧！還有你也要顧忌啦，伊織！」

轉搭電車走了大約十分鐘，我走進波島家的門。

等到我差點在伊織導引下走進二樓房間時，才總算察覺事情嚴重性，聲音發抖地拒絕了他的甜蜜誘惑。

「到現在還有什麼好怕的？我和你這麼要好不是嗎？放鬆力氣，讓身體順從本能……」

「無論你用多曖昧的說詞蒙混，也不能擅自進出海房間吧！」

畢竟沒得到本人允許就溜進女生房間……太扯了吧。

「沒辦法啊。我想讓你看的東西就在這個房間裡。」

「等就可以了吧！出海再過不久也會到家啦！」

「可是呢……其實我剛才已經傳了簡訊告訴出海：『我接下來要帶女朋友回家，麻煩妳在外面打發個一小時左右。』」

「你、你為什麼要那樣……？」

「哎，假如她發現我說的女朋友其實是男朋友，應該會嚇到吧。啊哈哈哈哈……」

「不用再玩那方面的哏了！我是認真在問你！」

「好啦，倫也同學，這次你就進來吧，別顧忌。」

「打、打擾了～」

後來，經過長達十分鐘的爭論，拗不過伊織的我到頭來就戰戰兢兢地跟著他進了那道禁忌之門。

……因為上個月也來過，其實並沒有那麼強的悖德感就是了。

「不用客氣，自己找地方坐……呃，照這樣看是沒辦法。」

「唔哇……」

於是，我變得跟上個月一樣說不出話。

面對和上個月一樣，整片地板上到處散落著紙張，房裡連腳都沒有地方踏的樣子。

「比昨晚又多了快一倍呢……」

當然，那些紙張上都畫著女生的圖。

網羅了草圖、線稿、全身像及近距離特寫，髮型、表情和筆觸也都五花八門。

而且，看來這次還混了叶巡璃以外的附屬女主角設計在裡面，魔窟裡的恐怖模樣簡直非上個月能比……

「伊織，所以你想讓我看什麼？」

「當然是眼前這些圖啊。」

「……就知道你會那麼說。」

雖然這男的嘴上說得簡單……

再次說明，這不是開玩笑的，地板上散落了數量不下百張的龐大設定稿。

那可是一張一張收集起來就能輕鬆匯合成厚厚一本可以用千圓賣出的同人誌的龐大物量。

再說，所有圖稿都毫無規則地散落在地上，假如不是畫圖者本人，肯定連要看出其中法則都有困難。

「那你要我在這裡面找什麼？」

「麻煩你自己去發現。」

「……就知道你會那麼說。」

於是我們社團的能幹製作人輕鬆拋來了好比要從寶山中找出一根毒針，讓人光想就快昏過去的大工程，搞得我很想宰人，反正這是他的老毛病，暫且放著不提。

「是你肯定會理解……為什麼我沒有讓出海交出這些設定稿，又為什麼會說理當靈思泉湧的她處在低潮期。」

「伊織，難道你……」

「所以請你加油吧，倫也同學。啊，出海一小時以後會回來，你務必要快點想喔。」

「……你這傢伙。」

沒錯，這傢伙居然又要考驗我。

換句話說，假如我在這裡什麼也無法發現……不合乎伊織的感性的話，往後就不能跟他共事了，這位能幹的臭製作人要表達的就是這個意思。

明明我在上個月才終於通過他的考驗，這傢伙真的是光有口才，對人的要求卻特別高。

「……伊織，總之你先出去。想事情想到一半聽見你講話會很煩。」

「好啊，請隨意。」

伊織絲毫不怕我那種蘊含靜靜怒氣的嗓音，悠悠地關上門就下樓了。

「接下來……」

於是，獨自被留在出海房間裡的我做了一個深呼吸，還用雙掌拍在臉上打起鬥志……

「好，來拚吧！」

「喔，順帶一提，內衣之類的都擺在床鋪旁邊的衣櫥，你用完告一段落要恢復原狀以免穿幫喔。害我被懷疑就太冤枉了。」

「誰會啊，我又不是思春期的國中生！」

還有，原來他剛才下樓梯的腳步聲是偽裝的啊……

「好啦，該開始了。」

儘管有人意外來攪局，我又做了兩三次深呼吸，然後再次看著散落在地的大量設定稿嘆氣。

在那當中，有對於出海兼顧工作成果之質與量所發的感嘆，還有自己接下來的工作是不得不整理分類那些圖來考察當中傾向的無奈悲嘆，合起來共有兩層意義就是了。

哎，總之，目前要先用全身來感受出海畫出的成果。

「……她還是這麼厲害呢。」

話雖如此，我身為出海的信徒，能講出的感想大多像這樣。

她的草圖依然可以感受到程度驚人的執著。

在我第一次接觸那本小小狂想同人誌而受到震撼以後，看她的圖從不會缺乏那樣的感受。

重逢後不到一年。在那似短非長的微妙期間中，出海身為繪師不只沒有停止進步，感覺成長的速度還越來越快。

我自然無法想像那樣的她，現在居然會陷入創作低潮期……

「……咦？」

在我手足無措地過了幾十分鐘以後。

反正先要做整理，我就將超過百張的設定稿依角色分類，再按照完成度排出時間順序，整片地板都被我鋪滿了。

接著，隨著我站在房間角落，將整體呈現出來的模樣逐步看過去以後……

「出海……？」

有某種想法在我腦裡歸結出來了。

我從房間左邊到右邊，沿著完稿時間先後，追尋她設計的變遷。

她嘗試錯誤的順序，被我原模原樣地烙進眼底。

「啊，啊，啊啊啊啊啊！」

然後，我的腦袋就比眼睛先有反應了……

「這……就是……」

這下，我明白伊織把出海從家裡支開的理由了。

因為他相信我會發現問題。

因為他相信我絕對會否定出海的這些圖。

所以，出海在目睹我的反應後應該會受到打擊才對，伊織就是不想看到她那樣……

「英、英梨梨……」

設定稿隨著張數累積，隨著完成度提高，變得越來越相像。

我眼前所見的，是出自英梨梨……柏木英理的那幅主視覺圖像。

隨著草圖的演變，隨著設定圖完稿，隨著添上的微調……

那些稿子逐步貼近英梨梨目前的畫風，相像程度已經可以說：「這根本是故意的吧？」

相像程度連外行的我看到一半都可以明顯認出。

難道她沒有發覺……？

出海，妳畫完這些，真的沒有發覺嗎……？

「倫理同學，你果然發現了。」

「……伊織。」

結果，似乎仍守在門外的伊織隔著門板叫了我。

可是我卻無法對他那種玩哏的反應給予精確吐槽，只能愣愣聽他講話。

「照這樣發展下去，『仿柏木英理』的插畫家就可喜可賀地在此誕生了。」

沒錯，這不算波島出海的個性，更不算柏木英理的勁敵。

照這樣發展下去，波島出海的名字會被成為「譜系」之一。

「其實呢，我身為製作人完全可以接受這個方向。」

「你是說……」

「畢竟大環境就是那樣吧。目前，柏木英理毋庸置疑地要紅起來了。接下來，追隨者對她的需求應該會增加非常多。走這個方向肯定好賣。」

伊織的話完全合道理。

的確，只要我們對這樣的圖說ＯＫ，出海就能綻放光彩。

「況且『blessing software』這個社團是從柏木英理的圖起家的……接棒的原畫家[出海]追隨她，以社團方針來說也有正當性。要爭取既有玩家，沒有比這更好的手段。」

然後，「blessing software」也能藉著她的能力取回光彩才對。

「……不過要問到『blessing software』是否希望如此，又是另一回事了。對吧，倫也同學？」

「……唔。」

……雖然說，出海、伊織還有我，都得承受柏木英理的名號會讓「波島出海」的存在逐漸消失就是了。

第五章　下次就會多安排戲分了……

「換句話說，倫也同學，你認為我們社團目前面臨的問題，原因全出在澤村同學身上嘍？」

「哎……以結果來說就是那樣。」

從我到出海房間過了兩天，星期三的下午四點多。

從離家最近的車站搭車過兩站，來到某家位於站前的咖啡廳。

回家路上多繞了一小段的我跟伊織會合以後，便臉色陰鬱地面對面，互相討論著社團目前的問題點。

「出海被柏木英理的圖牽著鼻子走而失去了自己的個性，加藤同學則是到現在仍然無法跟澤村英梨梨和好，還把焦慮的情緒投射在我身上，導致社團裡不和諧。」

「不，最後那部分完全是你自己害的。別若無其事地逃避責任。」

短短三天之內居然會兩度跟同一個男人獨處談話，這對我來說是不該有的舉動，可是沒辦法。

簡單說，「blessing software」目前面臨的危機就是那麼嚴重。

哎～這個社團以往幾乎都沒有一帆風順的時機，所以現在說這些也沒什麼好大驚小怪就是了。

「所以你要怎麼辦？再這樣下去，完全無法預料出海什麼時候能回歸陣線喔。」

「我明白……」

沒錯，伊織最近講的話都完全合乎道理。

想喚醒出海……讓她脫離柏木英理的咒縛要花多久，基本上我連能不能辦到都無從想像。

畢竟伊織似乎從兩週前就開始在提醒出海，她受了柏木英理的影響。

而且，每當伊織提到那一點，據說出海就會開朗地否認：「沒那種事啦，唉唷～～哥哥真愛操心耶。」同時卻又乖乖地配合說：「不過要是你那麼掛懷，我會試著稍微留意。」

「柏木英理『現在』的畫風，對出海來說還太早。」

「英梨梨現在的圖已經不是美少女遊戲了嘛……」

是的，英梨梨所畫的《寰域編年紀XIII》主視覺圖像可厲害了。

事到如今要探討其畫風就交給網路去評論好了，直接了當的說，就是變得精美、帥氣且令人驚豔了。

……變得和我們追求的「萌系美少女遊戲」方向不合了。

「所以我才想到，只要讓出海玩你推薦的那種只有圖能看的遊戲，她就會想起自己被寄予的期望，但結果還是不行。效果僅限於調劑心情。」

「雖然我明白你的意思，可是那款遊戲真的很好玩啦，別瞧不起它……」

「包含你在內。」

這表示出海自己知道要注意，卻改不掉。

自以為了解狀況又完全不警醒，就是她目前的問題。

「而且，就算出海的畫風恢復了，社團副代表（加藤同學）處於那種狀態也無濟於事。」

「嗯，長遠來看，會影響到整個社團往後的動力。」

「尤其會影響到社團代表。」

「唔……」

「換句話說，她的行動及態度，早就關係到這個社團的存亡……」

沒錯，如今加藤惠的存在，並不是單純來插花的第一女主角了。

身為幕後功臣的她在遊戲製作環節方面幫到了社團各個成員，在遊戲設定中則是發揮了完美無缺的第一女主角叶巡璃的魅力（預定），在「blessing software」更成了沉重……不可或缺的存在。

「明明她這麼有影響力，只不過碰到創作者被人挖角的狀況就一直放在心裡搞壞社團氣氛，倫也同學，我看你的女朋友果然就是沉……」

「你不要再把那個形容詞跟加藤扯在一起，小心被修理！」

我好不容易才改詞的，都被這個白痴搞砸了嘛。

「伊織，我告訴你，加藤和英梨梨之前曾是好朋友……所以沒那麼容易就能看開的啦。」

「是那樣嗎？像我現在還是會勤快地跟之前的社團（rouge en rouge）成員互相聯絡喔。」

「哦？沒想到冷漠的你也會……」

「你想嘛，又不確定彼此以後還會不會有利用價值。假如想再次找對方分甜頭的時候卻聯絡不上……」

「那就是你的問題啦！未免太冷漠了吧！」

嗯，這傢伙跟加藤無論如何都無法相互理解吧。

「伊織，聽好嘍。加藤看待人的價值觀和你差遠了……她才不會認為『好朋友就是要送自己可以在Ｋ－Ｂ○○ＫＳ高價賣出的同人誌』啦！」

「不過柏木英理的同人誌顯然可以在中古店賣到高價喔。何況現在已經發表她會操刀《寰域編年紀》的原畫了……」

「ＯＫ，我們先跳脫同人誌的轉售價吧！在加藤心裡，友情是不求回報的啦！」

「既然不求回報，更沒有理由要為背叛生氣不是嗎？」

「ＯＫ，別在雞蛋裡挑骨頭好了，拜託就此打住！你別再談加藤的事。」

說真的，我想他們無論如何都無法相互理解吧……

「哎，對已經發生的事追究原因確實也沒用。我好歹是『blessing software』的製作人，要正面思考該為社團做什麼才行。」

「那倒也對……所以說，你有什麼好主意了嗎，伊織？」

「當然了……我有想到一次就可以同時拯救出海與加藤兩個人，對社團來說又極具正面性的最強絕招。」

「那、那是什麼絕招！」

「那還用問，當然就是打垮身為她們倆共同障礙的柏木英理啊，倫也同學。」

「等一下等一下等一下！」

「我想可以先在檯面下巧妙偽裝成一群唱反調的人，逐漸打擊她本人的心……嗯，就那麼辦好了。這樣『blessing software』就能向前邁進了喔。」

「不要靠著推別人落水來讓自己變得相對有往前啦！」

呃，憂慮這傢伙跟加藤的協調性以前，我讓他加入是不是根本就錯了……？

※　※　※

「哎呀……」

在我和伊織道別，再搭電車坐回兩站，到離家最近的車站下車之後，從剛才就撐得挺勉強的天空終於下起傾盆大雨了。

我穿過驗票口，混進早就在避雨的人群中仰望天空，驟然而降的陣雨就濺到了我的臉上。

「好啦，該怎麼辦？」

走回家有十幾分鐘的路途。

要抱著淋濕的覺悟跑回家？還是等雨停？或者到便利商店買把傘……

不，最後的選項對貧窮高中生來說不存在，因此我先用手機開了烏雲雷達ＡＰＰ……

「你終於回來了……！」

「咦？」

於是，我耳邊忽然聽見了地獄開鬧般的幽怨嗓音響起。

「我明明一直等著你……我在坡道上任微風吹拂，就是等著與你命運性重逢——！」

「咦？咦？咦？咦？」

在我眼前，有塊烏黑的吊簾……不對，有個被打濕的長髮蓋住臉的貞……呃，謎樣女性站在那裡。

「約我出來還把我甩在大雨中不管，你很有膽量嘛，倫理～～～！」

「等一下，我沒跟妳約好吧，詩羽學姊！」

哎，雖然光從這樣的身影和氣質和不講理的言行，謎團立刻就徹底解開了……

全身上下從頭頂到裹著黑絲襪的腳尖都濕透，可謂嬌豔欲滴的黑長髮美女。

就讀於豐之崎學園的三年間從未讓出榜首寶座，前全校第一的才女。

然後，她的真面目是出道作《戀愛節拍器》全套累積銷量突破五十萬冊，下部作品《純情百帕》也熱賣到即將更新紀錄的人氣輕小說作家，霞詩子。

然後，她的真正身分是早應大學文學系的一年級學生，霞之丘詩羽。

「被雨淋濕好冷好冰好難過又好餓，再怎麼等都等不到倫理同學出現好懊惱好傷心好滑稽好悲慘，真是的，我不想活了～～！」

「不不不樂樣下利費子低司偶（不不不這樣下去會死的是我）～～」

以社會地位來說，她明明是如假包換、人人稱羨且才色兼備的人生贏家，卻不惜在大庭廣眾下掐住男人脖子搞得像情侶吵架一樣，成了在各方面都扭曲到不行的病嬌美女。

「為什麼加藤在等的時候你就會碰巧經過，我在等的時候你就完全不回來～～！」

「啊（啊），不惜了（不行了），沒搬發夫機（沒辦法呼吸）……」

順帶一提，關於是誰害她變得扭曲……對此我心裡完全沒有底，因此請容我保留回答。

※　※　※

「來，詩羽學姊……這可以讓妳暖一暖身子。」

「這、這是……！」

結果，我在車站前的便利商店只買了一把傘，然後邀詩羽學姊共撐那把傘回我家。

帶學姊到浴室的我借了自己的汗衫給她，還勸她沖個澡。

接著，我在她沖澡的這段期間把濕衣服扔進乾衣機，順便在廚房準備輕食。

靠著種種貼心的動作，現在詩羽學姊似乎心情好多了，也願意乖乖地端起我遞給她的湯碗就口。

嗯，麻煩度依舊，不過還是滿好哄的。

「怎麼樣？合胃口嗎？」

「啊，好熱……倫也同學的〇〇〇。」

「對不起，請不要特地用小到幾乎聽不見的音量來嘀咕『味噌湯』這種正正當當的詞。」

「嗯，好好喝……倫理同學，連做菜也會的你已經隨時可以當小白臉了，沒問題。」

「那是速食食品。倒熱水進去就好了。」

「唉，假如每天都能喝到這麼好喝的味噌湯，那就幸福了……」

「我會把家裡買的家庭包裝一裝讓學姊帶回去當伴手禮，請每天享用。」

話雖如此，上了大學的她依舊愛開黑心黃腔，而且症狀好像越變越嚴重了，這不是我的心理作用吧？

「真不好意思，還跟你借了衣服穿。下次我再買新的還你。」

「不用那麼費心啦，洗過以後就可以還我……」

「我絕對會買新的還你。我不會把這交給任何人……偶爾你也該接受大姊姊的好意。」

「既，既然學姊都那麼說了……謝謝。」

話雖如此，特地把臉貼在別人借的衣服還猛嗅上面的味道，會讓人感覺相當介意就是了，這不是我的心理作用吧？

「所以怎麼了嗎？妳剛才說妳在等我？」

「機私呢，我受了母各人必拖……」

「……沒關係，學姊妳吃完再講好了。」

當我終於想進入正題的時候，這會兒詩羽學姊卻大口吃下了（我捏得零零散散的）飯糰然後噎到，又發現湯已經被她先喝掉而痛苦得發昏。

「咳咳、咳……唉，假如每天都能吃到這麼好吃的飯糰……」

「不用再玩那一套了啦。」

我用萌圖馬克杯倒了瓶裝茶遞給詩羽學姊，於是她一口氣把那灌到喉嚨裡，臉色才終於像是活了過來……倒不如說，她連噎到的期間都一臉幸福地在發愣，看起來有點恐怖。

「其實呢，我受了某個人拜託……」

「妳說的某人是誰？被拜託了什麼？」

「因為倫理同學耽擱在女性方面的問題，劇本都沒有進度，對方才會拜託我設法。」

「……是因為『女性成員間的人際關係』有些問題，『整體的遊戲製作』才沒有進度。」

詩羽學姊聽似坦白地回答了我的問題，其實卻使了一點壞心眼。

……她沒有回答第一個問題（某人是誰？），肯定是故意的。

話是那麼說啦，我光從剛才的互動就可以推測個大概了。

畢竟會打「人際關係有狀況」這種小報告……呃，可以找學姊商量的人，肯定是沒有被牽連在問題裡的人，加藤與出海（還有英梨梨）就先剔除在外了。

這樣一來，社團相關者只剩兩個，然而其中一人（伊織）剛才跟我討論了一大串也沒談出結論，觸怒到詩羽學姊。

換句話說，只剩……

『不過，我知道有個人（請參照第八十九頁第十一行）似乎可以幫你。』

……呃，對我來說，實在想不到那傢伙（美智留）跟詩羽學姊有什麼接點就是了。

但是，無論怎麼想都只能那樣下結論。

那傢伙什麼時候和學姊搭上線的……？

「所以我就來給你建議了……倫理同學，假如你有空為那種事煩惱，不如去寫劇本。」

「咦？等一下，詩羽學姊。我剛才說過啦，這不是只限於劇本的問題！」

……於是，當我總算想出第一個答案時，詩羽學姊已經先往後講她的建議了。

那與我預料的完全相反，而且也是我畏懼的建議方向。

「不是『只限於』劇本的問題，就表示問題當中真的包含了劇本吧。」

「咦……？」

「那麼，果然寫劇本才是你該做的事……別耽擱在女人友情生變這種你既沒能力也沒經驗更無膽量處理的問題上，專心去面對自己的正業。」

現在搬出「但我原本的正業是用功讀書才對耶」的大道理只會讓彼此都不幸，因此這暫且按下不提……

還有現在回想起來，詩羽學姊是怎麼兼顧課業和執筆的啊？真令人費解。

該不會那才是霞之丘詩羽所隱藏的最大謎團（這部作品最牽強的部分）吧。

「可是詩羽學姊，其實妳在黃金週假期就察覺事情遲早會變成這樣了，對不對？」

「……是啊，所以我覺得自己有責任，才會像這樣過來。我已經有被你咒罵：『事到如今誰會接受妳這敵人的施捨！』然後被你推倒，被你蹂躪的覺悟了。」

「拜託，不對吧？就算說是作家，詩羽學姊妳走的是戀愛喜劇路線，那種淑女漫風格的描述不能用吧？」

「沒關係，我已經有覺悟了。不過那很好，對作家來說非正常的實際體驗就是寶……就算你突然變成禽獸撲過來，我也會用五感把你當時的表情、呼吸和氣息烙進心裡轉換成下部作品的男主角……呼，呼哈——」

「不用做出那麼悲壯的覺悟啦！詩羽學姊，和和平平地談事情好嗎！」

『現在的澤村，已經不是你所認識的澤村了。』

『不管發生什麼，請你們都不要把她當敵人。當成競爭對手也就夠了。』

『我希望，你們能接納現在的她。』

『不管是你、波島……還有加藤都一樣。』

……呃～儘管穿插回想的時機偏了一些，有種情境被搞砸的感覺。

總之，詩羽學姊在黃金週假期時……也就是英梨梨那張主視覺圖像公開的前夕，早就如此對我打了啞謎。

「澤村的成長已經停不下來了……」

「嗯……我想也是。」

學姊當時就正確料到，英梨梨目前的能力會重挫出海的自信，還會讓加藤傷心。

「那已經進入與她的心意、願望無關的領域了。」

可是……

「那正是，我所希望的啊。」

「倫理同學……？」

現在的我，絕對不願意排除讓她成長的原因。

「現在的英梨梨，處於第二次的成長期……」

「肉體方面看起來實在不像有成長就是了……」

「……現在的柏木英理，處在身為插畫家的第二次成長期。」

這時候穿插吐槽又會把場面搞砸，因此我一面微調修辭將詩羽學姊的胡鬧應付掉，一面保持正經的態度與她對峙。

「所以，那傢伙絕對會把握住這次機會，以職業人士的身分捷足先登……和學姊一起。」

畢竟要是不那麼做，我在——的事就會穿幫了。

「擱下你和『blessing software』嗎？」

「唔……即使那樣也無妨。」

「不能忍還硬要忍……」

「我才沒有……！」

……雖然到頭來還是穿幫了。

不過我早就決定了。

無論有沒有硬忍，我都不會再刻意小看那傢伙。

我不會因為嫉妒過頭就將她看扁。

我會認同她和外界評價的一樣，是個天才插畫家。

而且，我會崇拜她……

「即使她接下來的成長，會比現在更加傷害到加藤與波島？」

「所以我才打算扶持她們，加藤與出海都一樣。」

沒錯，我要成為社團的精神支柱。

英梨梨留在社團就無法期待有成長，我卻期待她有所成長，現在我這麼做，也包含了替本身私心贖罪的意味。

「難不成你想當後宮王？」

「妳就是為了推我一把才來的對不對，詩羽學姊？」

當然了，「後宮王」是指「精神支柱」的意思喔。

還有，當然也不可以特別只強調「柱」的部分喔。

「倫理同學，為了救三個女生，你打算獻出一位女神當祭品呢……」

「請不要把話講得那麼聳動。還有學姊若無其事地把自己當女神了對不對？，」

「誰曉得呢？」

詩羽學姊又戲弄似的用手指摸了摸我的臉頰。

但是，那和剛才大開黃腔的嬉鬧態度不同，可以感覺到溫柔的成分比煽情多。

所以說，我果然總是會跟這個人撒嬌。

結果，我就是把她當神。

往後大概也會，一直都會。

「那麼，倫理同學……不，倫也學弟。」

因此，她接下來的話就是神諭。

那是我非得用全心全意遵行的天啟。

「你應該，去寫劇本。」

第六章　事後加設定乃吃書之始

「倫也？這種時間聯絡有什麼事嗎？」

「英梨梨，我才想問妳怎麼……哎，是妳應該就會醒著吧。」

接著，到了週五……不對，現在已經是週六的深夜零點過後了。

我開的Skype只響一聲就讓英梨梨有了回應，聽得出來她似乎並不愛睏……或許還用了有些雀躍的語氣回應我。

話雖如此，從剛才的通話狀況也無法確認她的表情和語氣對不對得上。

「今天只用通訊？」

沒錯，因為今天「基於諸多因素」，我是關掉攝影機鏡頭進行通訊的。

「我這邊網路視訊攝影機的狀況……有點不對勁。」

「說是那麼說，你該不會正穿著浴袍，然後惠全裸躺在後面的床上，還一邊抽菸一邊嘻嘻竊笑吧？」

「有那種狀況未免太猛了吧！我跟加藤都黑到洗不清了！」

「哎，反正你也不可能有那種膽量。」

「那不是用膽量就可以解決的問題吧……」

話雖如此，「視訊攝影機故障」確實是天大的謊話，我有我感到虧心的地方。

而且，說不定以結果來說，我做的事情有可能變成比那種謊言更嚴重的背叛……不，目前先別管那個好了。

「那妳正在忙嗎？」

「對呀！倫也，你聽我說！講到霞之丘詩羽，講到馬爾茲，講到紅坂朱音我就有氣～～！」

「停，不好意思，我今天沒辦法聽妳談那些。」

大概是在上上週吧，我不小心耍帥表示「妳可以發發牢騷啊」，後來隔天的課就完全在打瞌睡當中耗掉了。雙方都一樣。

而且這傢伙在「即時通訊到天明」的過程中，一邊發牢騷發個不停，一邊還可以靈巧地處理自己的工作耶。

「那麼……你要談跟惠約時間的事？」

「啊～～那部分也在熱切協調中，敬請耐心期待遲早會來的好消息，或者應該說天下果真沒有白來的午餐……」

「唉唷……那你找我講話是為了什麼啦？」

還有，儘管英梨梨對這件事或多或少感到失望，卻也不會說重話責備或是定期限給我了。

換句話說，這也代表她終於理解到，事情其實已經變得相當麻煩。

嗯，真的有夠麻煩耶……雖然我不會說麻煩的是誰啦。

「哎，也沒什麼重要的就是了……英梨梨，妳還記得小學入學典禮時的事嗎？」

好啦，暫且不提之前那些……

我一個接一個地迴避落在我們之間的那些豐富話題，還挑了無關緊要到極點的往年回憶當成談話題材。

「現在問那些是要幹嘛啦？」

「呃，剛才我和爸媽看了好久沒重溫的入學典禮錄影片段。然後就看見妳也被拍在裡面。」

「……為什麼要和我聊那種事？」

「只聊小學時期，又限定在入學典禮那一段的話，應該沒問題吧？」

「…………也對啦～」

喇叭傳來微妙的嘆氣聲以後，又冒出了微妙的肯定答覆，語氣聽起來非常排斥。

根據過去的種種經歷，英梨梨之所以不願回顧國小國中那時候的事，尤其避免跟我談，說來倒也理所當然……

呃，我同樣不確定自己什麼時候會踩中特大號地雷，因此可以的話，這確實也是我會盡量去迴避的話題就是了。

「是我們兩個一起在小學校門前上鏡的……妳還記得嗎？」

「咦～當時狀況是怎麼樣啊？」

「我記得在入學典禮上是我們初次見面，對吧？」

「嗯，那不會錯。因為我在上小學以前都沒有用搭車以外的方式外出嘛。」

「是、是喔……不愧是千金小姐。」

「才不是，以前我真的體弱多病啊。而且我在四歲左右得過嚴重的水痘，直到消疹以前，我有半年以上都沒見過家人以外的人耶。」

「呃，那不就是千金小姐嗎？很優渥嘛。」

「要你管。」

即使如此，我現在還是需要這傢伙的「證詞」。

「然後我媽媽就說了……我們在初次見面時曾經大吵一架，妳還記得嗎？」

「……咦～」

沒錯，為了那個目的，我特地和爸媽做了根本不想要的溝通，還被翻出聽都不想聽也不記得的黑歷史……

「好像是第一天上學的時候，我朝妳扔了石頭，害妳哇哇大哭……」

「………等一下等一下等一下！」

「然後，據說當我媽猛向妳父母賠罪時，我們就在轉眼間和好一起進教室了……」

「我……想起來了！」

「咦，真的喔。我完全沒印象耶……」

儘管我跟不上前世甦醒的英梨梨，還是拚命地動用自己的記憶以及指尖，逐步記錄各種情報。

「沒錯！倫也你好過分！我在經過你家前面時，剛好碰見從門裡走出來的你……」

「是、是喔，然後呢？」

「呃，那時候，我記得你是說………對了，吸血鬼！」

「吸血……鬼？」

「沒錯！我記得你有說！你還對我咒罵：『滅亡吧～～！』」

「那是什麼情形………啊！坡道上的吸血鬼屋嗎？」

一瞬間，我的腦海裡頓時也冒出了肯定和英梨梨相同的影像。

是的，當時住這一帶的小朋友之間，都在瘋傳坡道上那棟豪宅的八卦……

那是在入學典禮前幾天。

我剛好到附近的朋友家玩，大家一起看了電視在下午所播的電影，才觸發了那個傳言。

那部電影是以歐洲的某座鄉村為舞台。

有座古老豪宅幽幽聳立於山丘上。

不知為何，都沒有人見過應當為豪宅主人的伯爵身影。

相對地，半夜裡偶爾會有皮膚白皙的金髮女生在窗邊現身。

某天，竊賊潛進了如此疏於防備的豪宅。

他們在毫無人煙的屋內到處翻箱倒櫃，最後就發現了地下室的門，料想有財寶的他們大為心動。

如竊賊期待的，地下室裡擺滿了從世界各地蒐集的財寶。

而且在眾多金銀財寶的中央，還有具鑲著寶石的豪華棺材。

明明不亂動就不會有事，貪念被勾起的竊賊們卻連那具棺材也要碰……

……雖然說，現在回想起來，那只是部隨便亂塞吸血鬼老哏的B級恐怖片。

可是，當時連小學都還沒有讀的我們，都被那陰森恐怖的氣氛吞沒，嚇得用被子蓋著頭發抖。

緊接著，不知道是誰先說了這麼一句：

『我記得倫也家那條坡道上的大房子裡……是不是就住著金髮的女生……？』

「啊啊啊啊啊啊啊啊啊啊啊啊啊啊～～～～！」

「你想起自己的罪過了吧，倫也！」

「就是嘛，妳那個時候有夠恐怖的嘛！」

「我根本沒錯不是嗎！都是你自己要信以為真的嘛！」

「誰教妳都不出門，皮膚又白還金髮，誰看了都會覺得是吸血鬼啊！」

「吸血鬼不是羅馬尼亞人嗎！我是英國血統耶！」

「幼稚園小朋友哪分得出差別啦！」

誰教那個有一半英國血統的女生跟電影裡的女生一樣，是那麼的嬌弱夢幻。

而且又那麼……

「不過既然這樣，當時我們為什麼一下子就和好了……？」

「我記得是妳爸爸跟我說……『你覺得白天在外面走動的我們會是吸血鬼嗎？』……」

「……你光聽那樣就接受了？會不會太好打發啊？」

「畢竟，當時我擁有小學一年級的頭腦和乖巧嘛。」

倒不如說，掌握起因是什麼以後，記起來的討厭回憶簡直多到討厭的地步，真令人討厭。

那時候，和我同年的金髮女生在我主動找碴時，露出了一副快要嚎啕大哭的臉……不，實際上她就是哭了。

然而，當我在家長催促下只好立刻賠罪後，光那樣就讓她露出了相當開心的臉。

唉，說真的，我對自己當時的心情感到羞恥透了，想到就討厭。

※　※　※

「然後啊，他們就讓我看了七五三時拍的記錄。」

「唔哇～那對當事人來說也是夠羞恥的耶～」

「……對啊，八成沒錯。」

接著，差不多接近深夜一點了。

我們光聊入學典禮的事情就聊了快一個小時，等那部分的哏總算整理出頭緒……不對，聊到沒話聊以後，我又換了下一個話題。

「那你看了感覺怎麼樣？五歲時的自己上相嗎？穿和服嗎？還是三件式西裝？啊～我也想看那份影片耶。」

「……英梨梨啊，或許妳產生了天大的誤解喔。」

「？什麼意思？」

「他們讓我看的，並不是五歲時的七五三……而是七歲的。」

「……啥？」

「沒錯，裡面幾乎都沒有拍我，反而都是在拍穿和服盛裝打扮的……」

「啊啊啊啊啊啊別說了別說了別說了～～！」

沒錯，後來我隨著影像記起了小學一年級的秋天。

七歲……不對，對三月出生的英梨梨來說，那是六歲時的七五三。

「哎，看影片真的會覺得一點都沒變耶～～」

「才沒有！那都已經超過十年前了……」

「不不不，小百合伯母真的都跟當年一樣喔。」

「你是在說她喔！」

穿著綠色振袖的金髮洋娃娃旁邊，有個年輕媽媽穿著同款花樣的紅色振袖，從頭到尾都比她女兒還要興奮。

不，當時那樣並不成問題。

要說哪裡有問題，就是後來過了十年，她現在的容貌依舊完全沒變……

「我看妳家果然有吸血鬼的血統吧？」

「呃，可是我媽媽是純日本人耶……先不管她算不算普通人。」

說來說去，無論當時或現在，一把澤村家翻出來就滿滿都是開心的話題。

儘管她父親從事的是英國外交官那樣嚴肅光彩的職業，卻也顯露了傻爸爸的一面，在影片裡光靠聲音就充分表現出存在感。

伯父說個不停的長舌功力，實在讓我不得不敬他為宅界的師父。

※　※　※

時間進一步流逝，現在是一點半。

我們之間「直到小學低年級的」回憶談也談不完……

「好啦，接下來還有什麼？芝麻小事已經嚇不了我嘍。」

「嗯，接著是小學三年級秋天時的運動會……」

「……………」

不，並非如此。

在我們之間，存在著共通話題絕對會中斷的特定時期。

「然後，那就是最後一段影片了。畢竟我已經長大啦，就在那時候跟爸媽說自己會害羞，要他們別拍。」

「是嗎……」

在小學三年級這樣一個歷史的轉捩點。

那部影片裡，沒有出現之前絕對會在畫面中某個地方拍到的金髮同學。

「英梨梨，妳記得當時的運動會嗎？」

「不記得。」

「我記得喔……還有，妳當時請假啊。」

「我說過我不記得了吧。」

「那時，我跑步跑到一半跌倒失去了比賽資格……哎，就算沒跌倒好像也吊車尾就是了。」

「既然我請假，就不會看見那一幕嘛。」

「所以也沒關係啦。不過，我可還記得……隔壁跑道的那個傢伙絕對有出腳絆倒我……反正我連他的名字都沒印象，無所謂。」

「……倫也，不要再講了啦。」

之前聊得興高采烈的英梨梨不知道跑去哪裡了……

她的聲音、語氣、態度還有一切的一切，都逐漸變得軟弱而無力。

「我並沒有挖苦的意思喔，這純粹是過去的事實。」

「事到如今，也不必翻舊帳了嘛。」

哎，出招算計英梨梨的我如此分析往事，聽起來性格非常惡劣就是了。

不對，徹頭徹尾是我性格惡劣。

「我問妳，英梨梨……我們已經和好了，對不對？」

「對呀。我們之間沒有隔閡了。所以……」

「不過那樣子，只是彼此放下之前的事情啊。並不代表我們有互相理解吧？」

然而，接下來才是重頭戲。

「……你想說什麼？」

「那是指……」

「我希望和妳互相理解。」

「英梨梨，我想知道妳那時候是怎麼想的。」

我要和英梨梨共享那時候的記憶。

那時候，她抱著什麼樣的心情……是悲傷？清閒？懊悔？還是無所謂？

我逐漸踏進以往避免觸及的禁忌領域。

「你為什麼……要問那些？」

當然，我可以料到英梨梨會抵抗。

「已經夠了嘛。倫也，我們都說過沒關係了，不是嗎？」

倒不如說，毫無理由就要求她談那些，也不可能得到回應。

「對啊，我們已經不要緊了……」

因此，我提出簡單明快的理由。

「可是，假如不曉得那一點，我就沒辦法說服加藤。」

我要用英梨梨目前最渴求的東西當餌。

「現在的我，還不能挺胸對加藤說出：『妳要相信英梨梨。』」

「倫也……」

英梨梨軟弱無力的語氣裡，多添了幾分哭泣的色彩。

「沒錯吧？連我都不曉得自己能跟妳和好的正確理由是什麼。明明如此，我又怎麼能對加藤說不要緊？我要怎麼對她斷言英梨梨不會再背叛？」

即使如此，我還是不能像以前一樣，只因為對方是英梨梨就手下留情。

我不會縱容她，也不會看扁她。

「妳喜歡加藤吧？既然如此，就要付出相應的代價啊！」

我只會把她視為單純的個人。

把英梨梨當成身為二次元宅的自己應該會怕的三次元女生來對待。

「要說的話，倫也你還不是……」

「好，我明白了。我也會全部坦白說出來。」

「咦……？」

「英梨梨，我會把自己當時的想法全部老實告訴妳。所以妳也要全部說出來喔。」

因此，我立刻用了三次元的心機手法。

我會用詩羽學姊親自傳授的，以男人而言顯得卑鄙，以做人而言則顯得鬼畜的手段來逼迫英梨梨。

「……你該不會……對我設了圈套吧？」

「是啊……只要是為了『blessing software』，我什麼都肯做。」

沒錯，我什麼都肯做。

只要是為了加藤、為了出海。

同時也是為了不讓美智留、伊織和詩羽學姊的幫忙白費。

我會背叛英梨梨，然後向她表白。

第七章　幸好有**接動畫**的**腳本**（兼用卡的意味）

「外面已經天亮了呢。」

「對啊。」

「那麼，我差不多要睡了喔。」

「好，晚安。」

「……欸，倫也。」

「嗯？」

「最後，我想看看你的臉，看一眼就好了。」

「……可以是可以，不過，我現在整張臉都很慘喔。」

「對喔，彼此都一樣。那不用了，我星期一再到學校看你。」

「對不起喔，今天問了那麼多讓妳排斥的事情。」

「不會，沒關係。」

「真的嗎？」

「畢竟，那都是以前的事了……對現在的我們來說，什麼影響也沒有，所以沒關係的。」

「英梨梨……」

「對吧，倫也？」

「嗯。」

「掰嘍。」

「掰。」

六個小時……

和英梨梨的通訊開啟後，已經過了如此龐大的時間。

結果，我今天還是按照這陣子週末的固定套路，在熬了一整夜以後仰望外頭泛白的景色，就看見整片微妙得不確定是否已進入梅雨期的陰霾天空。

那樣的天色與明亮度固然尋常無奇，卻也明顯表現出我目前的心情……

「英梨梨，對不起。」

我們明明那麼瀟脫地互道晚安。

「對不起喔，我接下來要做一些事情。」

我一直無法忽視始終梗在心中的小骨頭。

即使如此……

「睡四個小時……從十點開始動工。」

我還是要向前邁進。

※　※　※

過了四小時，不多不少就在早上十點。

提前十五分鐘醒來的我洗過臉，吃完簡單的早餐，灌了咖啡。

然後，一派自然地坐到平時自己用的書桌前。

「首先，要取角色名稱……」

我先打開了兩個純文字文件檔，然後將寫有許多內容的那個檔複製一部分，再貼到空空如也的另一邊。

接著我關掉複製過的原始檔，把貼過去的檔案用來處理作業。

「不過，我現在不想把時間花在這邊……先取個暫定的名字，等到定案以後再一口氣置換掉好了。」

我自言自語似的如此嘀咕，不久，又緩緩地動起原本稍微停頓的手指頭，將檔案開頭的文字編輯成這個樣子：

■女主角個別劇本：澤村英梨梨（暫定名稱）劇情線

第五・五章　總之再幫她**多添**一點**戲分**

「……等一下，妳在說什麼啦，詩羽學姊！」

「我才想問，你在說些什麼呢，倫理同學？」

回到三天前，星期三（接續第五章的最後）的夜晚。

我從神明（詩羽學姊）那裡接到了天啟，但即使我再怎麼崇拜她，那也不是可以輕輕鬆鬆笑著說：「請交給我吧，天神。」就一口答應的內容。

她傳授給我的，是讓加藤與英梨梨和好的方法。

同時，也是讓出海擺脫英梨梨咒縛的方法。

唯一能達成那兩個目的，又不耽誤英梨梨以創作者身分成長的高明作法。

「沒錯吧？明明有那麼夠味的題材，為什麼你不運用在作品裡呢？」

「題材……」

方法就是寫劇本。

把英梨梨「本人」套用到我的遊戲女主角身上。

繼加藤之後，塑造第二個「將實際存在的真人套用至遊戲的女主角」……

「合情合理啊，不是嗎？RPG用戰鬥解決問題，遊○王用卡片解決問題，A○B用猜拳解決問題……那我們創作者就只能用作品來解決問題。」

「妳要我把自己跟英梨梨的事情，拿來當劇本的題材？」

詩羽學姊那種比喻在各方面並非沒有詭辯的感覺，但現在不是讓一時興起的天意操弄的時候了。

「你對加藤不就那樣做了？」

「因、因為加藤原本就是我這款遊戲的主打概念……再說，我只有從她身上撿取舉止、台詞或劇情事件之類的零散角色性。」

「把澤村加進遊戲裡，就和那不一樣了嗎？」

「畢竟，要是把英梨梨當題材，就會變成劇情的主體了啊……」

沒錯，詩羽學姊不可能不曉得那一點。

她從一年前，就一直看著我和英梨梨之間理不清的固執心結，最後也還是站在英梨梨那邊，至今仍代替我保護著那傢伙。

不只是對我，那樣的詩羽學姊對英梨梨來說同樣是神一般的存在……哎，姑且不論她本人是怎麼想的。

然而，我們倆信奉的神卻……

「所以嘍，你們兩個發生過的情節，以故事來說不是很有趣嗎？」

「什……」

神卻輕易地出手蹂躪凡間的人們。

「澤村是個什麼樣的人？她是不是值得和好的人？是不是非和好不可的人？還有，你對澤村又是怎麼想的……你要把那些寫成故事給加藤。」

「給加藤看？」

「那樣做，加藤就能接觸到澤村的本質……然後，或許就會原諒她了。」

「為什麼要特地寫成劇本啊……怎麼不選擇直接談的方式？」

「你辦得到嗎？你能直接對加藤表達出那麼深刻、難解且時而醜陋的想法，並且正確而不覺得羞恥、不感到猶豫地傳達給她嗎？……明明連我都辦不到呢。」

「唔……」

而且，她一一看穿了御宅族「無法將想法傳達給別人」的本質。

「再說，有趣的故事會打動人心喔，倫理同學……而且，連無意識的部分也會。」

「妳是說……無意識。」

而且，詩羽學姊也用同一種方式論及另一個問題了。

對，無意識中懷抱著隱憂的並不只加藤……

「所以，你要將波島拉進你故事中的世界。然後，你要讓她畫出與故事相襯的圖。」

學姊真的什麼問題都想用「以故事論高下」來解決。

「只要你的故事能給予足夠的影響，讓她根本沒空被別人影響就行了。」

詩羽學姊的眼裡蘊藏著某著東西。

那是我以往目睹過好幾次的，處於創作者模式的她。

讓我不敢領教，讓我深感驚恐，也讓我由衷崇拜……

「如此一來，你就能得到與自己故事相襯的圖了喔……透過自己的力量。」

會讓我也有點想從而效法，學她放棄當個人類時的眼神。

第七・五章　本章**並非**為了**保證**日後**改編成人遊戲**所寫的

劇情事件編號：英梨梨01
種類：強制劇情事件
條件：共通劇情線第二天（開學典禮）必定發生
概要：開學典禮，受歡迎的英梨梨接二連三地被同學打招呼

〈配樂：校庭〉
〈音效：學生們吵吵嚷嚷的聲音〉

【主角】「喔……」

當我穿過校庭，來到學校公布欄附近的時候，就看見了黑壓壓的人群。

那大概是每年任何學校在開學典禮的慣例，也就是大學發表新分班狀況所導致的吧。

既然如此，我也不能錯過……悠悠哉哉說這些也沒用，假如不知道自己被分到哪個新班級就到不了教室。

為了盡量避免被人潮擠回去，我從邊緣慢慢朝公布欄走近……

【主角】「啊……」

於是，我發現在那樣的人群，還有一塊人口更加密集的地帶，便停下腳步。

【女同學1】「早安，澤村同學。」

【英梨梨】「啊，日安，石卷同學，還有里見同學。」

因為我在那裡的中央，發現了稍微被掩沒在人群之中，卻還是散發著龐大存在感的一襲金髮。

【女同學2】「欸，妳看，我們一樣是G班喔！」

【英梨梨】「是、是啊，往後一年多多指教了。」

那位「澤村同學」的身邊陸續聚集了其他同年級學生，還收到諸如「早安～～」、「過得好嗎～～」、「好久不見了～～」之類不痛不癢的問候詞。

於是，身為當事人的「澤村同學」也回以：「早安，田崎同學。」、「橋爪同學才是呢，過得好嗎？」、「真的好久不見了，大谷同學。」為了一一誇示友情深厚，或者記憶力之高，她不停使用附固有名詞的問候。

似乎在二年級分到G班的那位「澤村同學」，全名叫澤村英梨梨。

從一年級就被評為校園玉女而廣受歡迎的美少女。

更是從一年級就入選畫展的美術社王牌。

畢竟她在學校裡算數一數二的名人，即使是我也不可能對她的存在一無所知。

不，那些表面上的反應都無所謂。

我並不是從考進同一所高中才認識這位戴面具的千金小姐……澤村英梨梨。

那已經是從好幾年前就持續到現在，讓我倍感厭惡的記憶……

哎，現在先別提那些了。難得來參加開學典禮。

※　※　※

「……總覺得男主角個性彆扭過頭，在我心裡的評價不太好。」

週六，早上十一點半。

我終於踏上第二次榮耀的軌跡……開始執筆撰寫「blessing software」第二彈作品《不起眼女主角培育法（暫定）》的劇本了。

另外，關於值得記念的第一段劇本，我更動了從主角和第一女主角叶巡璃在共通劇情線第一天相遇寫起的規畫，改從女主角澤村英梨梨（暫定名稱）初次登場的共通劇情第二天開始下筆，而且寫的就是英梨梨（暫定名稱）亮相的場面。

在這段英梨梨初次亮相的場面中，製作方想對玩家提出的訊息如下：

首先，這個美少女是在校內也受到稱許的美少女。

還有，她是在富裕家庭長大的千金小姐。

然而，她並不會自恃有那樣的姿色或家境，對任何人都溫柔大方，對男人來說是個未免太過理想的女孩子。

……而且，明明境遇得天獨厚，她的心裡卻懷有空虛。

她對人的親切，其實僅限於表層。

那種表面性質的人際相處，讓她感到有壓力。

不過在現階段，後半的消極要素僅止於有跡可循，要讓玩家產生些許的異樣感。

這段劇情大綱並非不長眼的妄想。

……哎，說起來是有包含那種成分啦。

然而，其本質為「盡可能貼近無虛構的虛構情節」。

靠我和英梨梨的腦力激盪，才得到了如此生動現實的虛擬故事。

畢竟，那傢伙之前說過。

她說過自己在加入我們社團以前「過得很無聊」。

那傢伙對班上或美術社朋友露出的笑容，都是出於客套。

應該說，她並沒有把那些人當「朋友」。

冷靜一想，那會讓她變成對朋友狠心，性情又惡劣的女主角……

然而，她懷抱著那種黑暗面的理由，會隨著劇情進展而逐漸揭露。

哎，要把那種絕妙的鋪陳寫成劇本或許難上加難，不過我也只能一邊微調一邊動工了。

情報別一口氣全攤開來，要慢慢外放。

這是「讓人對後續劇情感興趣」的鐵則。

※　※　※

劇情事件編號：英梨梨02

種類：強制劇情事件
條件：共通劇情線第四天必定發生
概要：在走廊和英梨梨對話。她顯露出本性。

〈配樂：教室〉

放學後，打瞌睡的我一醒來，就發現教室裡在不知不覺中變得人去樓空。

〈音效：打開教室的門〉

我一邊對好不容易上完今天所有課程卻沒有叫我起來寡情的同學們感到憤慨，一邊離開教室，結果走廊已經快被夕色染紅了。

〈配樂：走廊〉

【英梨梨】「欸，等一下。」

【主角】「英梨梨……？」

當我覺得那景象倒也不是不能勾起愁緒時，原本以為沒有任何人在的走廊後頭就傳來了有些耳熟的女生嗓音。

【主角】「真難得，妳居然會主動找我講話。被同學看見也沒關係嗎？」

會覺得耳熟也是當然的……哎，結果聲音的主人是和我讀不同班的金髮女生。

【英梨梨】「不要緊，現在這裡沒有別人。剛才我說了自己把整套畫具忘在美術室的謊話，所有人就爭先恐後趕去了。」

【主角】「……妳的個性還是一樣好耶。所以說，找我幹嘛？」

那個金髮女生就是澤村英梨梨，她一如往常地……不，她用了和平時一樣用來針對我的態

度，交抱雙臂擺出架子，好讓聊勝於無的胸脯和體格看起來比需要的還大，還在付出這種賺人熱淚的努力時狠狠朝我瞪了過來。

【英梨梨】「還問我幹嘛……難道你以為我有事情要找你這種長相、成績和運動神經都低於平均以下的低水準男生？」

【主角】「請問妳剛才的『欸，等一下』到底是什麼意思，澤村同學？」

說真的，學校裡所有人差不多也該察覺這傢伙的本性比較好喔。

【英梨梨】「……昨天，你曾經和女生一起待在車站前的咖啡廳對不對？」

【主角】「啊～～妳是說叶嗎？」

【英梨梨】「哦～～原來那個女生姓叶啊。我看她好像穿著我們學校的制服，沒想到你已經和剛入學的新生搭話了。」

【主角】「不對，叶並不是這兩天才入學的啦……」

哎，提到叶巡璃，我明明也和她在同一間學校讀了一年，卻直到前陣子都不認識她，當下也沒資格講別人就是了。

【英梨梨】「真是的，明明一切條件都在均標以下，就只有染指女生的速度特別傑出……」

【主角】「……請問妳有在聽我講話嗎，英梨梨同學？」

※　※　※

週六，下午三點多。

初夏的強烈陽光……不知去了哪裡，在彷彿已經準備好進入梅雨季，而且看起來隨時會降雨的陰霾天空底下，我正逐步寫出劇本的後續情節。

這是英梨梨（暫定名稱）第二次亮相的場景，同時也是她和主角出現對話的劇情事件。

這個場景首度揭露了她對主角的態度及感情，有其重要的定位在。

……哎，按照傲嬌的鋪陳套路，營造出的印象可以說是糟透了，但我總不能把「先捧後摔」這個手法中的「摔」跳過。

第二個重點在於，她對第一女主角叶巡璃表現出介意的態度。

這在日後的劇情中預定會成為重要伏筆，因此我試著將她的介意描寫得挺明顯。

接著是第三個重點，在描寫英梨梨時整體上要注意的是她對我……錯了，她對主角有「強烈過剩的」敵對心，還有主角「刻意」無動於衷所產生的對比。

……其實呢，關於我們從高一升高二那陣子的態度，我和英梨梨互有歧見，稍微鬧了……不對，鬧了滿大的口角。

英梨梨居然說，只要我帶著多一點關心找她講話，或許關係就會修復得更早。

『即使我找妳講話，妳不理我也沒用吧！』

『誰教倫也你，早就交了新朋友嘛！而且你跟我不一樣，看起來真的過得很愉快……』

相互遷怒……不對，相互爭論到最後，英梨梨還把疏遠感加劇的原因怪在我身上，我又能說什麼呢……

說真的，這個金髮女主角實在又彆扭又乖僻又愛記恨，簡直糟透了。

※　※　※

劇情事件編號：英梨梨03
種類：選擇式劇情事件
條件：共通劇情線第六天以後，在選擇英梨梨之際發生
概要：英梨梨和巡璃第一次接觸

〈配樂：咖啡廳〉

【英梨梨】「這樣啊，妳就是叶巡璃……」

英梨梨目不轉睛地仰望坐在面前的叶。

【巡璃】「那、那個，〈主角〉……我覺得自己好像正被鼎鼎大名的澤村同學瞪耶。」

另外，她們倆的身高並沒有差多少，英梨梨之所以會用仰望的方式看人，都是因為她特地把臉貼到叶面前，還用凶惡至極的眼神從斜下往上看的關係。

【主角】「別在意。因為那傢伙是大近視，所以眼神看起來凶凶的罷了……」

【英梨梨】「我現在有戴隱形眼鏡就是了。」

【主角】「……我好不容易幫忙打圓場的耶，不要糟蹋別人的好意啦。」

另外，她凶惡的似乎不只是眼神。

【英梨梨】「這樣啊，妳就是〈主角〉的……」

【巡璃】「呃～～那個，我們是同班同學。」

【英梨梨】「沒關係，反正不管你們是同學或男女朋友或宅友或炮友，我都沒興趣～～」

【巡璃】「呃，最後那種關係未免說得太過分了吧……對我而言。」

應該說，她在眼神以外的部分凶到無可比擬，這一點毋須贅述了。

【主角】「那就是這傢伙的本性，雖然她在學校根本都在賣乖。」

【英梨梨】「要你管。」

證據就是我在桌面下的小腿，被她隔著樂福鞋用腳尖踹了過來。

真不愧是產自歐洲的真皮皮鞋……有夠痛！

【英梨梨】「你別用那種自以為懂我的口氣。明明只是以前認識一陣子而已。」

【主角】「喂，會痛耶……那妳就不要對只是以前認識一陣子的人苦苦相逼啊。」

接著，英梨梨又用言詞賞了我在某方面比被樂福鞋踢到還痛的下馬威。

……既然嘴巴沒被皮革保護，我覺得她自己也會被反作用力傷到就是了，即使如此這傢伙還是不肯停止逞那種空虛的口舌之快。

【英梨梨】「怎樣？」

【主角】「怎樣啦？」

【巡璃】「喔，雖然你們兩個一點都不熟，可是〈主角〉和鼎鼎大名的澤村同學還真要好呢。」

【主角／英梨梨】「哪有！」

結果，我們那種針鋒相對的互動方式……

態度淡然、淡薄、淡定的叶並沒有照單全收。

※　※　※

「糟糕，行不通行不通行不通……這樣只是個惹人嫌的女角嘛……」

劇本寫到這裡，英梨梨（暫定名稱）爛到家的德性讓我變得一個頭兩個大。

再這樣下去，英梨梨搞不好會被當成地雷女或噁心妹或○色的惡魔，在劣評方面占盡風頭。

……啊，話是那麼說，不過並不代表女主角的藍本在現實生活中就是那麼爛，都是我不慎將角色給人的印象塑造成那樣所致，關於這部分請不要誤解。

真的，拜託別誤解……尤其是我自己。

「這份劇本還是得歸為廢稿吧……」

為了讓失控的筆停息下來，我按了Ctrl+A選擇所有文字，然後把手伸向倒退鍵……

「不對……等一下喔。」

接著，我稍微重新考慮以後，還是決定只對內容進行微調。

「只要中間穿插一個發揮角色萌點的劇情事件，就能取得平衡才對……嗯，肯定沒錯。」

是的，我將劇情事件的編號從「英梨梨03」微調成「英梨梨04」……

然後我開了新檔案，在開頭重新打上「英梨梨03」這串文字。

同時，我心裡也燃起了崇高的使命感，這次一定要寫出能笑、能萌、能讓玩家喜歡上該角色的劇情事件……

週六，晚上七點四十五分。

天色早就轉暗的外頭，傳來了滴滴答答的惱人雨聲，連房裡都充斥那惱人的聲音。

先不管英梨梨（暫定名稱）的言行態度依舊讓人不忍直說，接下來要著墨的，就是她和巡璃第一次相會（認識彼此的意味），無論以故事性或者給加藤的訊息來說，都屬於重要的場景。

身為千金小姐在學校裡應該頗受歡迎的英梨梨，在這個時候對巡璃做出了相當離譜的反應。

以往徹底隱藏剛烈本性（對一部分人例外）的她，為什麼會對巡璃……對加藤卸下以「某種意義」而言的心防呢？

哎，儘管我們都認同那多少是因為有我牽扯在內的關係，即使如此，對於我提出的質疑：

「要不然換成加藤以外的人，妳也會有相同反應嗎？」英梨梨倒是明確地否認了。

第一次見面時……英梨梨對加藤抱有和敵對心不同的強烈印象。

假如是加藤給人的印象實在太弱，才讓英梨梨對她的角色性有反應，那就糗大了。

不過多虧如此，英梨梨忘了自己平時在女性朋友前所用的演技。

對她來說，那是相當劃時代的事情……

※　※　※

劇情事件編號：英梨梨06
種類：選擇式劇情事件
條件：共通劇情線第十五天以後，在選擇英梨梨之際發生
概要：主角找英梨梨商量和巡璃約會的事

〈配樂：上學路上〉

【英梨梨】「你要約會啊……」

【主角】「不對，只是逛街買東西啦。陪她去六天馬購物中心參加開幕拍賣會而已。」

【英梨梨】「那就叫約會不是嗎？別講彆腳的藉口。」

【主角】「約會喔……算嗎？我倒覺得跟她講好時實在沒那種感覺。」

【英梨梨】「啊，是喔，那就如你所說『只是逛街買東西』啊，用不著跟別人商量，你放膽去不就行了？」

【主角】「啊啊啊抱歉抱歉！妳常常會跟男的或女的出去玩吧？所以我想找妳討教在那種時候的訣竅啦！」

【英梨梨】「……剛才，我總覺得自己一下子變得沒興致幫你了。」

【主角】「咦，為什麼？」

【英梨梨】「……哎，算了。」

那一瞬間，伴隨著嘆息聲，英梨梨的態度似乎是把我當傻瓜……

不對，感覺她露出了微妙的懊惱表情。

然而，我不懂英梨梨露出那種表情有什麼用意，結果只能回給她呆呆的反應。

到最後，英梨梨的表情又變回跟最初的印象一樣，像是把我當傻瓜。

【英梨梨】「在約會中不失敗的方法很簡單啊，把扯平當目標就好了。」

【主角】「扯平……？」

【英梨梨】「沒錯，事先做過相當程度的功課，再盡可能順著對方講話，假如還是撐得很苦，就用笑容應付過去。」

【主角】「用、用笑容？」

於是，英梨梨這會兒對我擺出了燦爛無比的笑容。

感覺要是讓不知道這傢伙本性的人來看，真的會不由得心動的那種笑容……

而且，要是讓知道這傢伙本性的人來看，那就是充滿了濃濃的社交性質，使得內心不由得發涼的完美微笑。

【英梨梨】「即使聽不懂對方說什麼，總之保持笑容就對了。多餘的問題要克制，更不要拿自己的主張硬拗……」

【主角】「……感覺那樣是不是很乏味啊？好不容易一起相處，總會希望在這段時間有更深刻的交流吧？」

【英梨梨】「……我……沒有過那種想法。從出生到現在，一次也沒有。」

【主角】「英梨梨？」

於是在下個瞬間，英梨梨的笑容好似肥皂泡破掉那樣，一下子就空虛地消失了。

明明「表情變來變去」這種修辭，一般是用來稱讚感性豐富的人才對的……

英梨梨剛才「變來變去」的表情，卻讓我有完全不同的感受。

而且，當中的意義不太正面。

※　※　※

「唔，已經這麼晚啦？」

一看時鐘，不知不覺中已經過了凌晨零點，不可喜也不可賀地進入週日了。

雨聲依舊沒停……剛才好像還有雷光和閃電轟隆作響，然而大概是因為專注的關係，我不太有印象。

朝手邊的「英梨梨劇情線」資料夾驀然看去，整個週六完成的劇本檔有六個。

這樣子，英梨梨劇情線就寫好整體的……不對，占幾成還無法確定。

其實要決定好劇情分量和結構再下筆，才是正確的劇本寫作方式，不過我目前並沒有採用那種做法。

現在先寫就對了。

要改、要刪、要調整，都等寫完再說。

寫，再寫，一直寫……只管將自己和英梨梨之間的言語互動，還有想表達給加藤的訊息，通通寫進遊戲裡面。

現在要再歇會兒，等精神恢復以後就重新開始工作。

我關掉了電腦的電源，將枕邊的鬧鐘定在四點，然後熄燈，迅速鑽進床鋪裡。

有種舒暢的疲倦感均勻地分布在腦袋及身體。

「……我看躺一下好了。」

啊～～對了對了，在目前所寫的劇情事件時期，英梨梨似乎抱著自己也不太清楚的感情。

她與加藤初次見面感受到的衝擊，是藉著加深交流以後才逐漸轉變成從未體會過的感情。

如果將其極度單純化，那種感情接近於憧憬。

淡定歸淡定，卻不會對任何人矯飾自己。

可是又確實有為人著想的心。

加藤身上「不會被別人留意」的特質，代表她不令人討厭，然而並不代表她就不惹人喜歡。

英梨梨被加藤那樣的態度療癒了心靈……同時也讓她回頭反省自己，轉而產生心理壓力以及自卑感。

※　※　※

「……哎，夠了！」

週日，凌晨零點二十五分。

從我熄燈鑽進床上閉眼算起，只過了十幾分鐘。

這個期間，我好幾次翻來覆去，數著自己心裡歷年來的萌女角，還拚命思索其他哏想把劇本的事從腦子裡趕走……

無論我怎麼努力用那些方式讓自己入睡，到頭來，我亢奮的心還是不肯鎮定下來。

「可惡！我不應該關電腦的！快點完成開機啦！」

畢竟……接著要上演的劇情事件，才是這個傲嬌角色最有看頭的地方嘛。

英梨梨抱著連自己都沒有察覺的心理壓力和自卑感，不久就對主角爆發出那樣的情緒，雙方發生嚴重衝突。

主角碰到那種情形，要怎麼對待失控的她？予以溫柔包容？理性規勸？還是……自己也跟著爆發情緒，讓衝突一發不可收拾？

無論怎麼選，那肯定都會成為從「傲」變成「嬌」的轉捩點。

……不對，在這個時間，算是從敵對變成朋友的轉捩點吧？

那麼，從朋友變成情侶的轉捩點會在什麼時候，以什麼形式發生？

這期間她和巡璃的友情呢？這用普通的劇情也是行不通的吧。

基本上，我都還沒有寫到兩個女生變成朋友的劇情事件不是嗎？

這什麼狀況啊……想寫的內容太多了，根本沒空睡覺……

「別著急……先寫她和主角關係復合的橋段……不對，要先讓她和巡璃變成朋友嗎？」

電腦總算再次開機完成了。

因此，我回想從腦裡湧出的設定、狀況、台詞與表情，將手指放上鍵盤……

「啊……」

於是我發現，房裡的燈還沒點亮。

※　※　※

劇情事件編號：英梨梨??

種類：選擇式劇情事件

條件：發生日未定，在選擇英梨梨之際發生

概要：主角和英梨梨大吵一架

〈配樂：小學〉

〈音效：煙火爆炸聲〉

【主角】「八年前……不是妳自己要交新朋友還丟下我的嗎……！」

【英梨梨】「你還在……記恨那種事……？」

【主角】「什麼叫做『那種事』？妳是什麼意思！」

【英梨梨】「我又沒有辦法！當時我只能那樣做了嘛！」

【主角】「一句沒有辦法就可以了事嗎！」

英梨梨面對不講道理地亂吼的我，拚命地想反駁……

可是不知為何，她看了我的臉，倒抽一口氣。

【主角】「難道和新朋友玩有那麼重要嗎……比我還重要嗎！」

【英梨梨】「〈主角〉……？」

她看見了我在不知不覺中哭得皺成一團的臉。

【主角】「妳知道妳對那時候的我來說有多重要嗎！」

那是相當丟臉的事情。

以吵架來說，已經完全輸掉了。

【主角】「我幾乎和所有男生為敵耶。為了保住自己和妳的容身之處，我不惜那樣做耶。」

明明對方是女生，自己卻先發飆哭出來……

【主角】「當時的我，眼裡就只有妳耶……！」

※　※　※

「唔……不行。」

哎，這個劇情事件真的不行。

主角擅自失控，還不講道理地大哭大叫怪罪女主角，陷入會被玩家徹底討厭的情節了。

不能讓這種情節繼續下去。

我看應該先鼓起勇氣，把這段劇情全部作廢……

※　※　※

【英梨梨】「那些事情……都是你擅自失控做的嘛。」

【主角】「和我道歉！」

【英梨梨】「我不道歉……無論發生什麼，我絕對不道歉。」

【主角】「唔……嗚。」

當我又快要因為英梨梨任性過頭的說詞而掉眼淚時……

唯獨這次，卻被對方搶先了。

【英梨梨】「因為〈主角〉……根本就不知道我哭了多久……！」

【英梨梨】「英梨梨……？」

從英梨梨的眼睛裡……

從那個壞心眼、任性、不講理又頑固的叛徒眼裡，潰堤似的嘩啦嘩啦流出了大顆的淚珠。

【英梨梨】「被迫和〈主角〉絕交，連在學校都不能講話，還非得無視你……我好傷心、好懊悔、好難過，你都不知道我哭了多久！」

伴隨眼淚，她緊咬牙關的力道之猛，彷彿聽得見聲音。

從這傢伙平時露出的膚淺笑容，幾乎無法想像可以從她臉上看見那麼深遠、沉重而且無奈的表情。

【英梨梨】「我已經受了比你更多的報應！我一直一直都很難過！傷心得不得了！所以，我根本沒理由要向你道歉！」

※　※　※

「我明明說過不行……！」

為什麼，我還是繼續寫下去了？

總覺得這段情節越來越惡化了，不是嗎？

這次連女主角都跟著失控，未免把玩家忽略過頭了吧。

在這裡的是糟糕透頂的窩囊男主角，配上任性女主角就成了無人樂見的搭檔。

「冷靜……我要冷靜。」

話雖如此，我也明白會變成這樣的理由……這是因為我對他們倆過度投入感情的關係。

因為我把主角和自己過度重疊了。

因為我對女主角抱有太多奇怪的執著。

所以，兩人間的對話片段才會陸陸續續冒出來。

一股勁猛寫的我沒有好好銜接劇情，也沒有補充完整，才導致全體劇情的完整性越來越分崩離析。

明明我還沒有把他們倆的背景寫完，卻用那些情節當前提來構築故事，這樣有什麼用？

在現階段，用來鞏固女主角魅力或定位的劇情事件都太少了啦。

然而，只有對於女主角彆扭之處的描述接二連三地一直出現……

照這樣寫，玩家不可能投入於故事當中。

他們不可能對這個女主角感受到魅力。

……只有從以前就曉得她本質的人，才會覺得這種女生有魅力吧。

「吼～～有夠麻煩的耶！」

我搔了搔頭，反覆深呼吸，設法讓自己冷靜。

現在的我，完全處於一頭熱的狀態。因此……

「……對喔，來寫她和巡璃成為朋友的劇情事件好了。」

即使如此，我的腦子裡還是沒有冒出休息這個選項。

※　※　※

劇情事件編號：英梨梨??

種類：選擇式劇情事件

條件：發生日未定，在選擇英梨梨之際發生

概要：英梨梨和巡璃成為朋友

〈配樂：馬路〉

〈音效：汽車奔馳聲〉

【英梨梨】「欸，巡璃。」

【巡璃】「嗯？什麼事？」

〈英梨梨臉紅〉

【英梨梨】「唔……」

〈巡璃一臉愣住的表情〉

【巡璃】「咦？妳叫我巡璃……？」

〈英梨梨害羞〉

【英梨梨】「沒、沒事！我叫錯了！」

〈英梨梨認真〉

【英梨梨】「不是的……我才沒有叫錯。」

【巡璃】「澤村同學……？」

【英梨梨】「用『同學』來稱呼真心對待彼此的同伴，會很奇怪喔。」

〈巡璃會意過來〉

【巡璃】「啊……」

〈英梨梨害羞〉

【英梨梨】「……妳不那麼覺得嗎？」

〈巡璃思索〉

【巡璃】「…………」

〈英梨梨表情慌張〉

【英梨梨】「唔、唔嗯？呃……」

〈巡璃表情溫柔〉

〈巡璃笑容〉

【巡璃】「對呀，說得也是，英梨梨。」

※　※　※

「哈、哈哈……」

順帶一提，在這段「英梨梨和巡璃成為朋友」的劇情事件中，主角不會出現。

從頭到尾都只有英梨梨和巡璃兩人，因此連主角的獨白都沒有，變成只有對話的劇情事件。

所以，在這裡對角色表情做指示與劇本是不可分的。

換成其他劇情，即使之後編寫程式碼時再添進去也不成問題，不過只有這段劇情是沒有指示就會連故事內容都看不懂。

「太好了……真是太好了。」

……上述的冷靜判斷，都是靠手指自己處理的。

因為我的腦子早就把那些劇本的寫作手法全跳過，只顧著祝福這個頑固任性的女主角交到了她的第一個朋友這件事。

雖然我不清楚自己是出於劇本寫手，亦即角色催生父母的觀點在看待她，或者另有其他意涵就是了。

「……啊。」

我隨著成就感抬頭，才猛然發現窗簾外的天空變亮了。

看來，雨似乎是停了……

倒不如說，我應該先注意到天亮這件事才對吧？

好了，先換個心情……不對，工作也忙完一個段落了，接下來要怎麼辦？

應該說，從昨天起床到現在差不多快經過二十四小時了，趁現在就寢才是最穩當的選擇……

可是，我無論如何都會介意這份劇本所懷有的缺點。

要在序盤補充劇情事件，將女主角的陽光魅力烘托出來才行……

畢竟她可是好不容易才設定出來的金髮雙馬尾傲嬌女角耶。

總該要再添點什麼吧？和故事主線無關就不重要了……不，要有用來讓玩家喜歡上角色的描述。

沒錯，比方說，讓她和主角賭氣，然後又自己要笨變得淚汪汪。

讓她對主角稍微感到認同，卻又無法被當事人發現，結果惱羞成怒。

或者讓小露迷人笑容的她受主角逗弄，因而滿臉通紅低下頭。

「好……」

結果，我還是開了新檔案，在明亮的天空下重新面對明亮的螢幕。

接下來，要回歸原點，來撰寫賣萌遊戲《不起眼女主角培育法》的劇本。

※　※　※

劇情事件編號：英梨梨??

種類：強制劇情事件

條件：共通劇情線第六天必定發生

概要：英梨梨的傲嬌劇情事件

〈配樂：主角房間〉

【英梨梨】「…………」

【主角】「欸，英梨梨。」

【英梨梨】「咦！怎、怎樣？」

【主角】「妳該不會在緊張吧？」

【英梨梨】「呃，那、那個…………嗯。」

英梨梨這麼回答我時，她進來我房間已經經過十五分鐘以上了。

這段期間，英梨梨都坐在地板上，一會兒環顧房間內，一會兒不停吸著早就喝完的飲料吸管，我想倒一杯新的還被她堅持拒絕，行為舉動可疑無比。

【主角】「呃，看妳戒心那麼強，滿令人沮喪的耶……以前妳不是來過好幾次嗎？」

【英梨梨】「對啊，我來這裡好幾次是『以前』的事……上次來這裡是相隔八年的事了。」

【主角】「啊……」

【英梨梨】「有好多的回憶，凝聚在這裡……」

然而，原本像那樣一直緊張兮兮的英梨梨卻……

我那句不中用的表露成了契機，讓她像拋開了什麼似的面對面地望著我。

【英梨梨】「對了……」

始終把自己當擺飾的她起身，像是在細細品味著什麼一樣，開始在房間裡四處走動。

接著，她緩緩地打開了衣櫥。

【英梨梨】「欸，〈主角〉……你認得這個嗎？」

【主角】「這是什麼……？」

她要我看的，當然不是我那些擺在裡面的衣服。

衣櫥白色門板的內側刻了傷痕……不對，那是……

【英梨梨】「這是我留下來的。」

那是刻字。

【主角】「我完全沒發現……」

結果，用某種尖銳道具寫上去的……不對，刻出痕跡的那幾個字，是用平假名拼出來的，她和我的名字。

不過，排在一起的兩個名字之間，並沒有奇怪的符號（比如相合傘那樣……），即使說是單純的寫字練習也無從否定。

【英梨梨】「對不起喔，在你這裡惡作劇。」

【主角】「不，不會……」

畢竟，我八年來都沒有發現那些刻字。

事情早就超過追究的時效……倒不如說，就算她在當時就坦承，我也不可能會生氣。

不，我反而會……

【英梨梨】「對了，你可以反過來留下傷痕報復我喔。」

【主角】「不，不用了。」

於是，英梨梨對於自己孩子氣的惡作劇，同樣提議了孩子氣的方式來賠罪。

【英梨梨】「你不必客氣啊。」

【主角】「留在我家的傷痕和留在妳家的傷痕，在各方面都差遠了吧。」

畢竟，這傢伙家裡的梁柱搞不好是大理石材質。

像她父母那樣肯定會笑著原諒我，可是想像到損害的金額，罪惡感就讓我撐不住了。

【英梨梨】「我又沒有要你在我家留下傷痕。」

【主角】「不然妳是要我……咦？」

當我聽不懂那句啞謎的意思，而把注意力轉回英梨梨那邊的瞬間……

【英梨梨】「你要報復……也可以……在我身上留下傷痕喔。」

我的耳邊，響起了衣服滑落的窸窣聲響。

※　※　※

「啊～～啊～～啊啊啊啊啊～～！」

不不不不，等一下等一下等一下等一下！

雖然我不明白這到底怎麼搞的，腦袋卻自己寫出了完全不是要安排在序盤共通劇情線的劇情事件……

話說回來，剛才寫的內容有太多不對勁了。

最後的「傷」是什麼意思？

假如類似家暴的含意就糟了耶。

呃，不是那種含意就更糟嗎？衣服滑落是怎麼回事？

這是美少女遊戲吧？這是普遍級遊戲對吧……？

基本上，我和英梨梨做的腦力激盪並沒有涉及這一層。

比如告白時的台詞、在那瞬間的態度、還有角色那一方面的反應，我都沒聽過。

不對，既然這「應該」是不實際存在的二次元女角，說起來要妄想也是我自己的自由……

可是行嗎？真的行嗎？

要是弄得不好，這些全部都要重寫耶……？

※　※　※

〈配樂：主角房間〉

〈角色站姿圖的穿著需要再討論〉

【英梨梨】「…………」

【主角】「…………」

【英梨梨】「啊～～啊，我們做了耶～～」

【主角】「呃，那個……抱歉。」

【英梨梨】「怎樣～～？跟我道歉，表示你後悔了嗎？」

【主角】「不，那個嘛……絲毫、完全、一點也不。」

【英梨梨】「嗯，太好了……跟我一樣。」

【主角】「英梨梨……」

【英梨梨】「啊哈哈，哈哈……」

英梨梨笑了。

以剛發生過「那種事情」來說，顯得格外健全、格外開朗、格外溫柔的態度。

【英梨梨】「啊哈哈哈哈，哈哈……唔、嗚嗚……嗚。」

【主角】「……英梨梨？」

然而……

她的笑就像沙上樓閣那樣，真的在一瞬間就瓦解了。

【英梨梨】「呵、呵呵……嗚啊，嗚，呃……呵，啊，嗚啊啊啊啊啊啊～～～～！」

【主角】「唔……哈哈。」

不過，那種改變對我、對她來說都不是壞事。

畢竟，那陣聲音還有眼淚，會洗去我們之間的這八年。

以前真是太笨了。為什麼要抱著那種無聊的堅持？如此的省思正在折磨我們。

而且，我相信等到淚雨下完放晴後。

有別於過去，從八年前走出來的我們，肯定能向前踏出新的一步……

※　※　※

「嗚、嗚嗚……嘶。」

怎麼搞的嘛？這段離譜的故事。

拗得太過正面，又坦白得太過彆扭……

而且，內容被我的妄想渲染過頭，看都看不下去，也沒辦法拿來見人。

雖說是遊戲，寫出這樣的情節行嗎？

我和那傢伙都會這樣想嗎……

啊，不對，這是主角的心境。

還有，這是澤村英梨梨（暫定名稱）身為女主角的心境。

可是，可是，既然這樣……

「你們倆能走到這一步……真是太好了……！」

相隔八年才心意相通的兩人，讓我不得不給予他們祝福。

※　※　※

劇情事件編號：英梨梨??

種類：個別劇情事件

條件：英梨梨劇情線後半

概要：

〈配樂：樓頂〉

〈巡璃：微笑〉

【巡璃】「為什麼……？」

〈英梨梨低頭〉

【英梨梨】「唔……」

【巡璃】「為什麼妳要走？為什麼妳要離開我，還有〈主角〉身邊？」

【英梨梨】「……巡璃，這跟妳沒有關係喔。」

【巡璃】「並不是沒有關係吧。妳的事情，還有〈主角〉的事情，和我不可能沒有關係吧？」

【英梨梨】「…………」

【巡璃】「或者，妳希望我保持和你們沒有關係？不想讓我這樣的外來者介入你們之間，就是妳的想法嗎？」

〈英梨梨表情有話想說〉

【英梨梨】「沒那種事……沒那種事情！」

〈巡璃表情難過〉

【巡璃】「結果，我並沒有成為妳的好朋友嗎？」

〈英梨梨傷心〉

【英梨梨】「巡璃……？」

【巡璃】「可以什麼都不隱瞞而無所不談，有時為了當事人好也能講出負面的意見，絕不是只顧及彼此方便的相處關係，可是，正因為如此，回頭一想，就發覺自己已經變得好喜歡對方……」

【巡璃】「難道，我們沒有建立出像那樣土氣、笨拙又迷人的關係嗎……」

【英梨梨】「巡璃……巡璃，我……！」

【巡璃】「……嗯，抱歉。這都是我擅作主張，對不對？」

〈巡璃微笑〉

〈英梨梨表情後悔〉

【英梨梨】「啊……」

【巡璃】「我忽視了妳的將來、夢想、希望還有一切的一切，單純將理想強加於妳嘛。」

〈英梨梨表情有話想說〉

【英梨梨】「不是那樣！不是那樣的！」

【巡璃】「英梨梨……」

【英梨梨】「其實，妳才是對的！完全是妳對！可是，即使如此……！」

【巡璃】「即使如此，妳還是有沒辦法讓步的部分……嗯，我也一樣喔，英梨梨。」

【英梨梨】「巡璃……！」

【巡璃】「所以，這件事談完了。在這麼忙的時期還約妳出來，對不起喔。」

【英梨梨】「等、等一下，巡璃，我……！」

〈巡璃帶著笑容流淚〉

【巡璃】「嗚、嗚嗚……唔，不……」

【英梨梨】「啊……」

【巡璃】「抱、抱歉，對不起……為什麼，為什麼會……」

〈英梨梨哭泣〉

【英梨梨】「～～～唔！」

【巡璃】「為什麼，事情會變成，這樣呢……！」

※　※　※

「喂……喂，喂喂喂喂喂……！」

夠了，不行了。

太多地方歪得離譜，根本收拾不了。

為什麼我寫完恩愛場景以後，一下子又開始寫這種友情瓦解的場景啊？

明明關於她們倆起爭執的原因都還沒有詳細安排好。

我只能說，原因會牽扯到英梨梨的夢想，以及她跟主角之間的關係出現裂痕這兩點，決定好的大方向僅止於此。

而且，巡璃發飆的理由也還沒有詳細安排好。

她是純粹在對瓦解的友情生氣呢？還是挾帶了對主角的感情糾紛？或者另有其他想法？

一切的環節都被我處理得馬虎、隨便且破綻百出……這樣要怎麼收攏啊？

根本來說，這才不是我心目中的《不起眼女主角培育法（暫定）》。

內容應該要更光明，更開朗，更溫馨，更和悅，讓人有療癒感……

反正女生的表情、舉動和台詞就是要可愛，要讓人小路亂撞。

打算讓故事向賣萌遊戲靠攏的想法到哪裡去了？

可是……

「再來寫……下一段吧。」

都走到這個地步，我已經不能後退了。

儘管取向偏離得相當遠，不過，原本寫這篇劇本的目的就是要讓加藤與英梨梨和好。

既然如此，接下來只剩舉出解答……

要做的，就是對加藤舉出她和英梨梨所期望的未來。

我已經連外頭的天氣都不清楚了。

我也不清楚自己現在的狀態，還有對往後劇情的構想。

何止如此，我更不知道現在幾點鐘，也不打算知道。

這就是詩羽學姊說的「創作者的黑暗面」嗎？

……哎，那種事情不重要啦。

反正，我現在只對死盯著螢幕不停打鍵盤有興趣。

※　※　※

劇情事件編號：英梨梨??

種類：個別劇情事件

條件：英梨梨劇情線後半

概要：

〈配樂：海岸？〉

〈音效：海浪聲？〉

【主角】「……欸，英梨梨。」

【英梨梨】「嗯～～？」

太陽即將沒入海平線。

剛才只有海浪聲的海岸，現在多了浪花被嘩啦嘩啦地衝散的聲音。

英梨梨一臉開心地與波浪嬉戲，反射了夕陽的金髮散發著神聖光彩。

沒錯，簡直像這傢伙筆下的畫那樣。

【主角】「這樣子，真的好嗎？」

【英梨梨】「……有什麼問題呢？」

【主角】「不是啦，妳未免太乾脆了吧……或許會犧牲掉很多東西耶。」

像這樣，英梨梨現在在我的身邊。

那樣的決斷無論讓誰來看，都顯得奇特、突兀，相當毅然決然。

【英梨梨】「不對喔……為了不犧牲掉一切，我才這麼做的。」

【英梨梨】「包括自己的夢想、友情……還有你喔。」

可是，英梨梨像是對之後的事什麼也沒有想，笑得雲淡風輕。

【英梨梨】「沒錯，這才不是兜圈子……而是所謂的王道。」

【主角】「在我看來實在不覺得是那樣耶。」

【英梨梨】「我走過的路，之後就會被稱頌為王道。所以沒有錯。」

【主角】「妳真夠傲慢的耶……」

【英梨梨】「何必現在才這麼說呢？」

【主角】「……哎，也對，妳從以前就是那種人。」

我從十年前就被這傢伙的任性耍得團團轉，事到如今也只能帶著苦笑聳聳肩了。

【英梨梨】「不過，你喜歡我那種部分，對不對？」

【主角】「……誰理妳。」

因為，英梨梨說的對。

【主角】「不說那些了，差不多該走了吧？巡璃……大家都在等。」

【英梨梨】「和大家好久沒見了呢，不知道他們過得好不好。」

【主角】「妳就親眼去確認吧。」

感到有些難為情的我轉身背對英梨梨，擱下她就走。

反正，她馬上就會匆匆跟到我後面。

畢竟那樣的命運從十年前就註定了。

【英梨梨】「欸，〈主角〉。」

【主角】「嗯～～？」

朝呼喚聲一回頭，就看見英梨梨靜靜地望著我。

海灘上的她，秀髮隨風飄揚，還露出了從以往到現在最燦爛的滿面笑容……

【英梨梨】「從今以後，我絕對會要你陪著我……一輩子喔。」

※　※　※

「……為什麼？」

我怎麼會寫起終章了啊……

和巡璃修復友情的部分呢？

她們倆的感情，著落在哪裡？

那才是非寫不可的部分，我為什麼要逃避關鍵情節……

簡直連這款遊戲的窩囊男主角都比不過我陣前逃亡的行為吧。

「啊……」

要寫才可以。

稍微將劇情回溯，來寫英梨梨和巡璃的和好事件。

寫我現在非寫不可的情節。

我要把那送給巡璃，送給惠……不對，送給加藤才行。

「啊、啊……」

整片天花板占滿了我的視野。

那模樣和細微的痕漬，十分鮮明地變成圖像資訊傳達給我。

可是其他訊息，已完全無法傳達給現在的我。

「啊、啊、啊……」

我的全身逐漸失去力氣。

連指頭都動不了。嘴巴、腦袋都沒在運作。

「現在幾點……？」

最後，我終於從口中冒出算不上抵抗的自言自語，卻沒有得到答案就閉了眼……

我本身的存在，在瞬間被虛無包住了。

終章

「安藝，安藝。」

「…………」

在我耳邊，響起了亂平板的呼喚聲。

「再怎麼想睡，我覺得你也差不多該醒醒了耶，你認為呢？」

「咦，奇怪，我……？」

彷彿罩著迷霧的腦袋卻完全無法清醒，讓我遲遲認不出那是自己平時聽慣的嗓音。

對啊，早上會來叫我起床的女生，明明只有她……

「啊，安藝早安。」

「……千夏？」

「……你在叫誰啊？」

真中千夏，私立環球學園二年級。

她和主角神谷健二是同班同學……欸，沒有人想到我的記憶會回溯到那邊（第二章）去吧？

「呼啊啊啊啊～～……所以怎麼了嗎，加藤？一大早就跑過來。」

我拚了命地睜開久久無法清醒的眼睛，疑似朝陽的朱紅光芒就竄進網膜，讓我忍不住又闔上眼皮。

在週日轉好的天氣，似乎到了一週的開始也還能從雲隙間窺見晴空。

「哦～～原來你的大腦把現在當成早上啊。」

「……現在是幾點幾分，星期幾？」

不過，問題的本質似乎並不在天氣上面。

「……下午，四點，二十五分，星期一～～？」

「啊，精確來說，現在是四點，二十六分整，為您報時。」

「不用問報時台吧？妳看時鐘就行了吧？」

我一邊對「嗶」一地從加藤的智慧手機傳來的報時聲吐槽，一邊從床上起身伸了個大懶腰。

「呼啊啊啊啊～～」

即使從穿制服的加藤那裡得知，今天是上學日的午後，腦袋和身體的疲憊仍令我無法接收其資訊。

現在的我似乎就是那麼累，在精神和肉體上都還沒有恢復元氣。

平常只是在週末熬夜，也不至於搞到像這樣不省人事就是了……

難道說，這表示我踏進日夜顛倒的創作界了嗎？

「所以呢，你週末在做什麼？就算你平時的生活既懶散又不規則還見不得人，以往也沒出現睡過頭不來上學的情況吧？」

「呃，我自己也在深切反省了，麻煩妳不要責備得那麼狠心。」

話說回來，創作界真是個難以得到旁人認同的艱苦世界……

「不過，虧妳曉得我沒去上學耶。明明今天又沒有社團活動的聯絡。」

「那是因為……你的同學有寄郵件告訴我。」

「哦，原來我的班上有那種奇特的傢伙……啊。」

「…………」

我看見加藤那時微妙又微妙的臉色，一瞬間就想出她的情報來源（英梨梨）了。

……但現在講出那個名字，對我們雙方應該都會造成不少問題。

「感覺她在郵件裡好像寫得自己不方便過來露臉的樣子，所以我就不甘願、不得已、無可奈何地過來看看狀況了。」

「不必那麼刻意強調自己是受人所託吧，加藤小姐？」

然而，她們之間卻能像這樣互通滿詳盡的訊息，倒也是女生情報網的奇妙之處。

……哎，週末舉行過那場名為腦力激盪的情報交流，不難想像內容對那傢伙來說有多尷尬。

倒不如說，感覺我們都非常逼近彼此的核心了。

要是有個萬一，難保不會演變成責任（要我來負的）問題……

「所以呢，你週末在做什麼？」

「呃，我就……一直都在寫劇本。」

「才剛開始動工就熬夜？」

「總覺得停不下來嘛。」

「哦〜〜〜」

不曉得加藤是否接受我的回答，她態度相當狐疑地隨便應聲。

簡單說就是沒有接受吧。

「我沒騙人喔。我寫出一條劇情線了，檔案就存在那台電腦。」

哎，雖然在這份半生不熟的劇本裡面，漏洞、缺陷及瑕疵多到被人問有沒有完成，就會讓我立刻失去自信的程度。

「我可不可以看一下？」

於是，加藤坐到了我的書桌前，然後指著電腦螢幕。

雖然我會在意她那樣要求，到底是因為不信任我在週末所做的行動，還是單純想驗收遊戲製作的進度就是了。

「好啊……加藤，請妳務必要讀。」

然而，對我來說，加藤有興趣自然是求之不得。

「不過，麻煩妳讀了以後不要亂疑心。」

「你是指……」

「還有，我希望妳能從中感受些什麼。」

「感覺你的限制好多耶，安藝。」

我對微妙表示不滿的加藤不予理會，解除了電腦的鎖定畫面，然後打開劇本資料夾給她看。

好，接下來真的要定成敗了。

由加藤、我、還有……

「……『英梨梨01.txt』？」

「唔……」

結果加藤光看檔案名稱，似乎就馬上開始亂疑心了。

※　※　※

「呃，我想妳從名字也看得出來，關於那個女主角的哏是其來有自的。」

加藤一邊淡然地捲動純文字文件檔，一邊埋首閱讀我在週末的力作。

「雖然前作也有推出金髮雙馬尾女角，不過那時候只有倣效屬性與符號性，角色的實際體驗和內在都純屬虛構。」

加藤投入於我那份劇本的認真程度，依舊難以判讀。

「不過，這次的女主角……哎，有一半是真實的『那傢伙』。」

我分不出她是專心讀得出神，或者只是意興闌珊地瀏覽，從那種淡薄的反應根本看不出來。

「……既然是在寫那傢伙，當然也會出現不像女主角該有的心境描述。畢竟先不論外表，那傢伙的真實性格跟賣萌遊戲的理想差遠了。」

可是，至少加藤從開始讀的時候算起，已經有一小時都像這樣一直面對我寫的劇本。

「和她相處不會盡然順心，也會有衝突，更有產生分歧的時候……不只是我，妳應該也有切身體會到那些才對。」

總之這樣看來，先不論劇本的品質，一條劇情線的遊玩時間似乎可以保證有一小時以上的分量。

「不過，這次我之所以刻意用那樣的她當範本，是為了將澤村英梨梨這個人的真實面貌，介紹給加藤惠這個人……」

「你好吵喔，安藝。」

「是……」

結果，「看起來」專心在閱讀的加藤用一句話，就把對自己作品逐一解說又缺乏自信的創作者撇開了。

……呃，因為在等待自己的讀者回饋反應的這段空檔，對作者來說就像被吊胃口嘛。不由自主地就會講東講西撐場面嘛。

「……呼。」

「讀、讀完了嗎~~？」

相隔幾十分鐘以後，我向加藤搭話剛好是在她關掉名為「英梨梨終章.txt」的檔案，然後深深嘆氣的瞬間。

哎，大概是因為我一直等加藤沉澱到那種程度的關係，這次她就沒有用尖銳的反應來回我，只是面無表情地點點頭。

「那、那麼……感想如何？」

因此，我用戰戰兢兢又認真的臉色問加藤。

她有沒有從我的劇本感受到什麼？

她有沒有接觸到真正的澤村英梨梨？

這部作品，能成為讓她和那傢伙重新考慮彼此關係的契機嗎……

「……嗯，我明白了。」

果然加藤又轉了過來，這次她毅然地看著我點頭。

「妳懂了嗎，加藤！」

……終於傳達到了。

英梨梨藏在彆扭性格中的真摯感情，總算傳達給加藤了。

這樣一來，她們倆之間長達三個（兩集）月的糾葛歷史終於要劃下句點……

「我明白我明白……雖然我不太懂英梨梨的想法，可是我非～～常懂你的意思了。」

「……加藤？」

當我好不容易正要沉浸於感激之情的時候……

「你到底多喜歡英梨梨啊，安藝？」

「咦咦咦咦咦咦咦咦咦咦咦，妳的感想是那樣喔～～！」

加藤至今仍絲毫不改淡定的表情，還用瞳孔放大的眼睛輕蔑地回望我。

「唔～的確耶，既然你這麼喜歡她，無論被背叛幾次都能原諒吧。」

「不不不，等一下！加藤，妳真的有仔細讀完我的劇本嗎？」

而且，我使出渾身解數寫出的戀愛取向劇本，居然被她用魯○和不○子瞎鬧的那種調調丟下評語。

「嗯，我每個細節都讀過了，可是這單純是你要寫給英梨梨的情書對不對？」

「不不不，妳那是什麼無厘頭的解讀！主角根本就不是我啊～～！還有情書這個字眼早就過時了耶～～！」

「啊～～好好好，是喔～～我明白了～～」

「等一下！妳的反應比平時還要敷衍到家耶！」

「誰教你要這樣嘛？裝蒜得這麼明顯……我覺得都可以連罵你六次『騙子』了耶。」

「那麼嚴重嗎！」

「唉～～總覺得有好多問題要思考了。」

「思考什麼！」

終章之二

「…………倫也學長，你到底有多喜歡澤村學姊啊？」

「連出海都這麼說～～！」

今天第二次慘叫再度響遍我的房間，是在太陽已完全下山的晚上七點多。

事情發生在加藤急忙用ＬＩＮＥ對出海發送「劇本寫好了，來安藝家一下」的兩小時過後。

「哎呀～～這下搞砸了耶～～倫也同學。啊哈哈哈哈哈！」

「伊織你閉嘴，小心我殺人喔。」

啊，還有加藤難得在那段訊息的最後又加了一句「順便跟那個當製作人還什麼的人說一聲」，特此向各位報告。

哎，多虧如此，我現在不只是兩面楚歌，已經落到三面楚歌的地步了。

「不，你們等一下。大家都把遊戲和現實混淆過度了吧。這份劇本終究是虛構的，英梨梨的名字終究是角色暫定名稱，只不過，寫手基於目前用這個名字比較能激發社團成員心目中形象的冷靜判斷才……」

「我問一下喔，惠學姊，妳覺得剛才那段藉口怎麼樣呢？」

「替兩個小時前就被迫聽他那樣辯解的我著想看看嘛，出海。」

「有喔～～就是有那種被霸凌的小朋友，態度不管在誰看來都很明顯，一旦被人戳破：『你喜歡○○吧？』還會嘴硬堅持說：『才沒有～～不是那樣啦～～！』我從以前就最擅長逗那種人了～～」

「拜託你們真的別鬧啦！」

才沒有～～……不是那樣啦～～……

※　※　※

「嚼嚼……賴說（再說），給也絕長（倫也學長）……」

「啊，抱歉出海，妳可以等吃完再講。」

從第二次慘叫經過了三十分鐘，近晚上八點。

出海一邊抓起加藤（在我家廚房）做的三明治當晚餐&稍作歇息，一邊朝我講話，就被我稍稍制止了。

……絕不是因為「給也」的發音讓我介意的關係。

「再說，倫也學長……這份劇本出的問題並不僅限於跟澤村學姊有無關係喔。」

「妳、妳說的問題是指……？」

「因為學長你在企畫書上寫過，遊戲要走賣萌路線……」

「啊，對啊，所以呢？」

「學長，你總不會以為寫這篇劇本可以當賣萌遊戲吧？」

「差、差那麼多嗎……？」

於是，短短的發呆時間一過，大家又重新讀完我的劇本，這會兒開始舉行挑毛病大會了。

「哎呀，倫也同學，你這樣寫就顯得感情放太重了喔……」

「那麼重嗎！」

不，該說是挑毛病大會，還是全否定大會呢……？

無論是劇本或者任何環節，把毛病挑出來確實很重要。即使如此，我還是有身為寫手的寥寥自尊心嘛。

「應該說是心情描述很沉重，或者角色太過複雜了……這個角色能不能再改一改呢，倫也學長？」

「呃，可是她實際上就是那種人啊……」

「你不是說過：『這份劇本終究是虛構的，英梨梨的名字終究是角色暫定名稱』嗎？」

「唔唔唔……」

而且，沒想到在眾人當中評價尤其糟糕的，會是平常對我所做所為幾乎都不予否定的出海。

「這個澤村學姊……不對，這個某某附屬女主角明明台詞傲嬌，思考方式卻土裡土氣的，我本來以為她自信滿滿的應該很堅強，結果遇到一點小事就受挫；本來以為她已經冷血無情地拋棄其他人，卻又保持著專情與忠誠……根本就莫名其妙。」

「……有那麼莫名其妙嗎？」

……看來另一項任務「將出海拉進我的故事世界，好讓她走樣的畫風恢復原狀」，似乎比說服加藤還要落空。

「這樣真的糟糕了啦，倫也學長……容器和內在完全不符。照我現在的畫風會太偏萌系，變得不協調。」

「咦，咦～～？」

倒不如說，為了遏止出海那種即將脫離萌系路線的畫風，我所採用的策略似乎完全變成反效果了。

「唉唷～～傷腦筋耶，這下要怎麼辦……我開始焦急了啦～～」

「那、那個～～……對不起。」

……話說回來，出海給的評價低雖低，談的還真不少耶。

「哎呀，這下子情況真的傷腦筋了。啊哈哈～」

還有，在挑毛病大會的過程中……

伊織那讓人分不出是要幫忙緩頰還是搧風點火的開朗笑聲，在房間裡徒然迴盪著。

……他這麼一笑，本來就完全不發言的加藤甚至玩起了智慧手機，進入徹底無視模式了。

「不過，出海的意見言之有理。這明顯不是賣萌遊戲的劇本。必須重新檢討企畫本身，或者大幅修改劇本才行……倫也同學，你覺得要怎麼辦？」

「我知道了啦！我會改劇本啦！我會盡可能修！」

伊織提出的終極二選一……不，讓我選擇要捨棄熬了幾個月的企畫還是兩天寫出來的劇本，其實選項簡單得跟套話一樣了。

「哎，即使如此，無論你怎麼改，我覺得還是沒辦法去除當中流露出的狗血味喔。」

「表示要全部作廢嗎……」

因為如此，我這次的「拯救加藤&出海作戰」，可喜可賀地以大失敗落幕了……

「不……那樣以期程規畫來說太吃緊，能保留的就留下吧。」

「搞什麼啊？那你打算從一開始就把劇情砸鍋當前提嗎？」

「真是傷感情耶，倫也同學。你覺得我會去打那種必敗的仗嗎？」

「伊織……？」

不對，即將落幕時，伊織亂討厭地賣起關子。

他用賊笑的表情詭異地盯著我，態度還莫名得意。

……總覺得，這不太對勁。

因為我知道伊織在什麼時候才會顯露那種臉。

可是，我記得……

「欸，出海……倫也同學這次犯下的致命失誤，要由妳來補救喔。」

他好像是在「得逞」的時候才會……

「哥哥……你是指？」

「沒錯，妳要幫忙他掩飾，出海。」

「原來如此……」

「出、出海？」

於是，出海聽完伊織那套好比稀世貪官的說詞，就用了大牌保鑣的架勢回應。

「出海，妳要用萌死人不償命的圖來裝點這份灑狗血的劇本。不用管美感，扎實的畫工都是罪過。搭配得再怎麼格格不入都無所謂。總之要畫得可愛，只管畫得可愛，盡妳所能畫得可愛就對了。」

「那我……只能試試看嘍。」

「沒、沒問題吧……？」

既然如此，接下來我就得模仿經營船運仲介的老闆，向他們哀求：「一切就拜託大師了！」……

然後，直到剛才都裝成不聞不問的加藤，就要在最後押著證人出來說：「這傢伙已經把你們的惡行全招了！」跟低調探案的忍者一樣……唉，夠了。

「這樣是有勝算的喔，倫也同學……反正我們就是要用可愛的畫風釣玩家，逼他們將這份劇本從頭到尾玩一遍。」

「他們不會覺得『這跟期待的不一樣』就中途甩掉嗎？」

「或許這確實不是玩家所期待的……」

於是，伊織的表情又變成了「得逞」時的那副德性。

「然而，那些發現跟期待不同的人，大多也不會對內容失望了。」

「咦，咦？」

「玩家只要通關一次，肯定就放不開了……所以嘍，我還會期待你之後寫出來的劇本，倫也同學。」

這傢伙……

他到底在貶損還是誇獎我的劇本啊？

「倫也學長，請你放心吧……」

再提到出海這邊……

「我會從澤村學姊那裡……將你保護好的！」

「出、出海……！」

總覺得她講的保護，方向好像有點偏耶……

即使如此，出海當時的表情仍像拋開了什麼一樣，充滿著決心。

「…………」

「啊……」

於是，受到他們倆那樣鼓勵而困惑的我感覺到……

從旁邊，似乎傳來了有一絲溫柔，也有一絲放心的視線。

終章之三

「好像勉強過得去呢。」

「這樣算勉強過得去嗎……」

到了晚上九點多。

出海和伊織回去以後，只剩表示「我還要幫忙收拾」就彷彿理所當然地留下來的加藤與我兩個人了。

順帶一提，我爸媽都在樓下喔。

今天是平日，所以加藤不會留下來過夜喔。

「出海似乎變得非常有拚勁了……而且感覺當製作人的那個人也敲定方針了。」

「哎，是那樣嗎……？」

加藤所說的「當製作人的那個人」，在從玄關離開之際，曾經趁著出海準備的空檔跟我小聲地這麼說：

『原來如此，你用這一招啊，倫也同學。』

『沒想到，你會將出海拖進沒空摸索畫風的局面……』

『這樣她的迷惘就沒了。腦裡只剩下拚命騙過玩家……讓玩家萌的使命。』

『……嗯，我勉強看見希望了喔。』

接下來出海的畫風會怎麼走，坦白講，沒看到結果也不知道。

可是，先不管進展得順不順利，或許我總算是把棒子傳給伊織了。

或許我辦到了自己目前該完成的事……

「可是，這樣真的沒問題嗎……？」

「妳在幾秒鐘以前才說過『好像勉強過得去』耶……」

「不對，我講的不是那一邊。」

「啊……」

沒錯，結果加藤這一邊的問題，還是沒有解決。

我使出渾身解出寫出的「英梨梨」劇本，結果並沒有傳達給加藤。

雖然我分了滿多篇幅來敘述女生間的友情，可是，故事的解答……沒寫到兩人和好的瞬間，果然是個致命點。

「哎，加藤，那妳就等著看下次修改過的劇本好了……」

「唔～～我想再怎麼改也一樣吧。」

「妳喔，那樣講未免太……」

「畢竟這些都是英梨梨的個人情報耶。」

「……啥？」

當我正準備定下新的決心時，加藤就講了根本牛頭不對馬嘴的事情。

「這份劇本裡面，直接用了非常多英梨梨實際講過的話還有做過的事，對不對？對她會不會太過分了呢？」

「不，不會啦，那部分我有確實找英梨梨本人取材……」

「你有老實和她說『要用在遊戲劇本』嗎？你有沒有把閒聊時取材到的內容直接拿來用？」

「咦，咦，咦？」

「對吧？果然和我想的一樣，這沒有取得允許會很糟糕吧？」

「不、不是啦，畢竟事到如今……」

過去加藤幾乎都在未得允許的情況下，以叶巡璃身分讓大量個人情報曝光，現在卻把自己的事情撇到一邊，擔心起怪問題了。

哎，她和我講話兜不起來的狀況確實不勝枚舉，但即使如此，像這次這樣將我的創作動力連根拔起未免太……

「哎，算了……那部分我會想辦法處理。」

不對……

加藤剛才那樣耍寶，其實並沒有誤解也沒有違背道理。

「妳說的想辦法……是指？」

「當然只能向她道歉了，不是嗎？哎，雖然會變成先斬後奏。」

「不是啦，加藤，妳……」

說不定，她那樣耍寶，其實是接近「怕羞」的反應……

「我會去跟英梨梨道歉……直接說清楚。」

「加藤……！」

傳達到……了……

我本來以為完全期望落空的「英梨梨劇本」。

我那封連寄到哪裡都搞不清楚的烏龍情書。

「哎，至於能不能得到她原諒，或許很微妙就是了。」

「哪有可能微妙啊……」

畢竟對那傢伙來說，跟和好比起來，那實在是微不足道的交換條件。

基本上，明明是我有錯，卻利用加藤幫忙善後，說是卑鄙都還客氣了。

「然後，假如我們可以和好，我會將自己當時所講的話，全部寫下來。」

「咦，為什麼……？」

「因為，那就是英梨梨跟巡璃和好的劇情啊……」

而且這傢伙……有把我的劇本讀到心裡。

我寫不出兩個人和好的過程這一點，被她看出來了。

她居然還進一步宣言，要自己編織接下來的故事。

簡直像在提醒我：「你想解決我們之間的問題，未免太傲慢了喔。」

還說得相當婉轉。

「呼……把許多累積的想法吐出來以後，總覺得突然餓了耶。」

「啊，那我從樓下拿吃的……」

「不用了，這個給我吃嘍，倫也。」

「啊……」

結果，當時加藤的行動，牽涉了好幾層的重要劇情事件。

她隨手拿起來吃的，是我吃一半的三明治。

她隨口叫的，是第二次出現的「倫也」……

「總之，青梅竹馬的劇本辛苦你了。嗯，其實我讀得滿開心的喔。」

「加、加藤……」

不對，叫她惠……可以嗎？

「所以嘍，我對自己的……第一女主角的劇本，也會非常期待喔，倫也。」

後記

大家好，我是丸戶。

在此獻上《不起眼女主角培育法》正篇第九集。

雖然我覺得好像有被外界微妙吐槽到這次出書步調微妙地慢了些，不過與正式集數的第六集到第七集、還有第七集到第八集的間隔相比，我在想是不是已經努力將時程微妙地縮短了呢？儘管一開頭就找了微妙的藉口，但我仍微妙地健在。

在這次和編輯開的大綱會議中，我們大刀闊斧地達成了「差不多該拿惠和英梨梨想點辦法了吧」的共識，至於我究竟有沒有遵守那空洞籠統的編劇方針，務必請各位讀正篇確認……因為這是做動畫得到十三集片幅還在最後高高興興地把「我們的奮戰之後才開始」這種台詞安排進去的原作者所說的話，我想這部分大家自有公斷就是了。

那麼，動畫已經決定推出續作，不起眼（相關製作成員的工作量）一路走來變得越來越猛了，我當然也會開始和各方討論續作的製作環節。

總之現階段能提到的事情非常少，對此我感到過意不去，但最近已經談到了：「這麼說來，在續作要把哪裡捧成聖地……不對，到哪裡取材好呢？」如此極為缺德又心機重的議題。畢竟這是牽涉到製作成員的利損（取材費方面）的重要案件，所以非得慎選才行。

最好是風景優美氣候溫暖食物好吃……啊，不是的，其實並沒有必要按照原作出現過的地方來取景。

再怎麼說，我這邊都擁有可以跳過頂著原作、系列編劇這些頭銜的人的傳家寶刀「針對動畫所需之改編」。

因此就算在續作一開頭，看到「blessing software」眾人突然跑去沖繩或夏威夷海灘度假享受，也不能用「與原作不符」或「在故事結構上有牽強處」等方式吐槽。

哎，如此這般，我為了讓動畫延續成為好作品正在盡心盡力，還望各位繼續支持。

接著是關於續集的事情……剛才好不容易挺胸表示「正篇的出書間隔回復原樣了」，現在又講這個實在過意不去，但是接下來要寫的大概不會是「正式的」後續集數。

以書名來說相當於《Girls Side2》或《9．5集》……呃，讀完這一集的讀者應該可以輕鬆想像到就是了，我打算寫這一集當中「在倫也不在之處」發生的事情，還有後來發生的故事。

另外，一般要出像這樣的番外篇，往往會拿以前在雜誌、特典或寫好累積的「現成品」外加或多或少的新篇湊數偷懶……以期提昇效率，不巧的是照目前來看，之前我並沒有寫過類似下集會用到的哏，因此實際上要費的工夫和正常集數毫無差別。

即使如此，下集之所以採用這種形式，也是因為倫也不出現會讓大家比較高興……沒那回事（沒有！），由於女主角的橫向感情聯繫在我腦裡也增加了不少，所以才打算趁這個機會做一次整理看看。

她與她跟她的競爭變成如何了呢？為他承接煩惱的她，和為他指出方向的她是在什麼時候、如何搭上線的呢？還有「終於」決心跟她和好的她會做出什麼行動？啊，還有，在剛才的說明中沒提到的她當時又做了什麼呢……我希望可以寫到這些。

……啊，不是的，關於下集的劇情結構，並不是因為我在這集完稿後打電話給編輯，開口第一句就招認：「抱歉，第九集沒有讓她們做出了結！」才開始構想的喔。

在原作者腦裡，肯定有連原作者本身都想不到的遠大劇情洪流在翻騰。本作的原作者差不多也該告訴我這篇故事的結局到底會怎麼走了，真希望他能透露。

那麼，最後來介紹瘋癲的製作陣容……不對，來發表謝詞。

深崎老師，最近你都沒有來參加討論或喝酒，不知道過得還好嗎？雖然從各方關係人士的證詞已足以想見你現在忙得離譜，但是還請你萬萬要保重身體，真心不騙。話說相隔好久接到你的聯絡卻發現內容是：「給我加藤生日那天要用的訊息。一小時以內。」請問該當何解？

萩原編輯，恭喜角川ＢＯＯＫＳ創刊……哎，先不提那些了，雖然從各方關係人士已足以想見你現在忙……這也不提了，總覺得最近在我們身邊有關衰老及生病的話題變多了，但還是努力活下去吧。話說我們三個這樣真的行嗎？有遵守到以身體健康為重並保留文化最低限度的截稿期限嗎？

好的，伴隨著如此健朗而積極正面的訊息，要跟大家告別了。

讓我們下集再見吧！

丸戶史明（去做健檢吧！）

二〇一五年　秋

不起眼女主角培育法

Kadokawa Light Novels

想變成宅女，就讓我當現充！ 小豆END

作者：村上凜　插畫：あなぽん

如果柏田不以現充為目標……
就會有充實的阿宅生活等著他？

我決心以升上高中為契機，成為一名「低調宅」──原本應該是這樣的。一切都是她，櫻井小豆害的。她是個Coser，又是喜歡BL的重度宅女（笑）。而我居然與只對宅文化有興趣的她，加入到同一個社團研究阿宅？

各 **NT$180/HK$50~55**

台灣角川

Kadokawa Light Novels

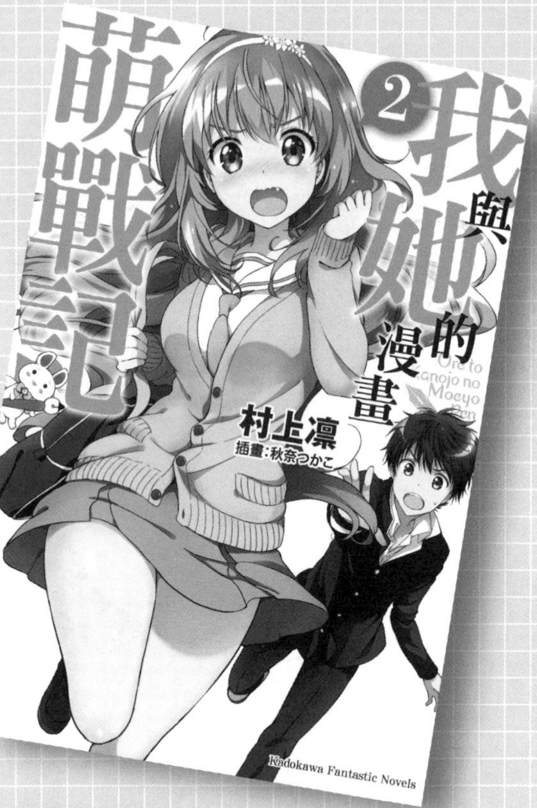

我與她的漫畫萌戰記 1~2 待續

作者：村上凜　插畫：秋奈つかこ

生駒老師忽然轉學到君島班上
與同班同學相處卻格格不入？

美少女萌系漫畫家生駒亞紀人老師與喜歡戰鬥漫畫的高中生君島泉，合作的漫畫贏得了連載權。新學期開學後君島意外發現生駒老師轉學到他班上，對方卻說：「我可不是因為有你在才轉來這間學校的！」沒想到她與班上同學在相處上顯得格格不入？

各 **NT$180~200/HK$55~60**

Kadokawa Light Novels

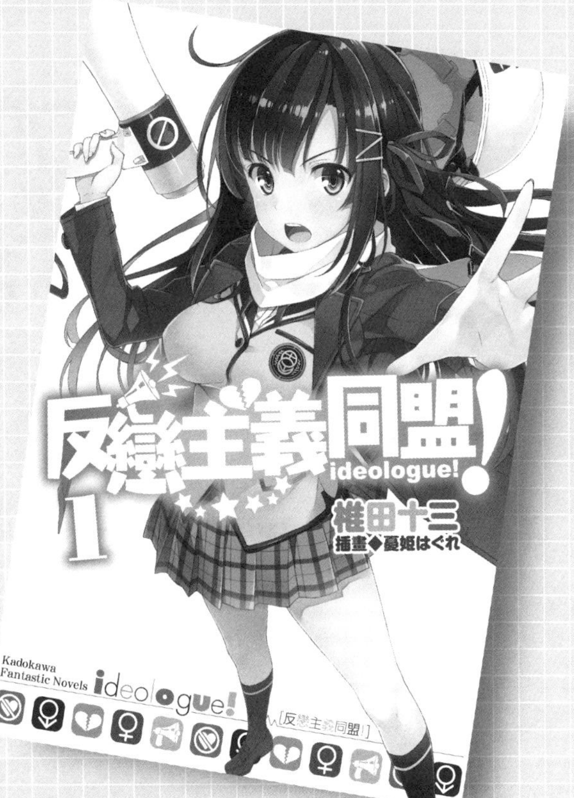

反戀主義同盟！ 1 待續

作者：椎田十三　插畫：憂姬はぐれ

「放棄戀愛吧！
所有的愛情都是幻想！」

在下著雪的聖誕夜，澀谷到處都是情侶。非現充高中生——高砂在此遇見一名對著熙熙攘攘的人群發表驚人演說的少女。贊同演說的高砂心懷「現充爆炸吧！」的信念，加入由少女——領家薰擔任議長的「反戀愛主義青年同盟社」，全新的戀愛抗爭就此展開！

NT$220/HK$68

Kadokawa Light Novels

為美好的世界獻上祝福！ 1~6 待續

作者：暁なつめ　插畫：三嶋くろね

公主竟然變成了妹妹!?
超有問題的和真小隊這次要大鬧王都啦！

「好想要妹妹啊。」……想著這種無可奈何的事情的和真，在獲邀參加的晚宴上遇見了小他幾歲的公主，愛麗絲──沒想到就這樣被帶回城裡了！就在和真過著美夢成真般的日子時，聽見在王都暗中活動的義賊的傳聞，竟然主動說要抓住那個傢伙……？

各 **NT$180~200/HK$55~60**

台灣角川

Kadokawa Light Novels

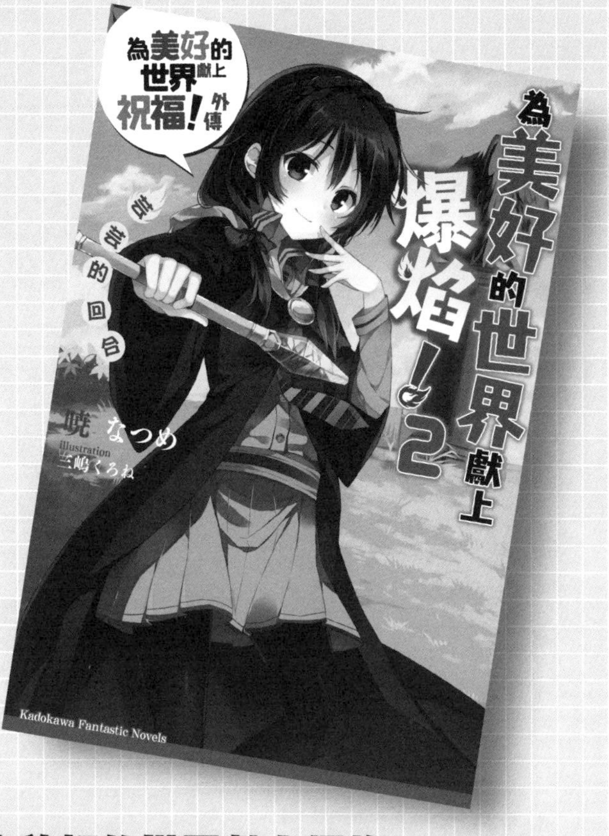

為美好的世界獻上爆焰！ 1~2 待續

作者：暁なつめ　插畫：三嶋くろね

「人稱天才的我，竟然得到定食店打工啊……」
惠惠＆芸芸粉絲必看的第二集登場！

「學會上級魔法才算是獨當一面，爆裂魔法只是搞笑魔法。」違背了紅魔之里這番教誨，人稱天才的惠惠學會了爆裂魔法。為了賺取前往城鎮的資金，惠惠四處尋找打工，但等著她的卻全是不予錄用！這時對惠惠伸出援手的，竟是她的自稱競爭對手芸芸——!?

各NT$200/HK$60

國家圖書館出版品預行編目資料

不起眼女主角培育法 / 丸戸史明作；鄭人彥譯.
-- 初版. -- 臺北市：臺灣角川, 2016.07-
冊；　公分

譯自：冴えない彼女の育てかた
ISBN 978-986-473-177-0(第9冊：平裝)

861.57　　105009205

Kadokawa
Fantastic
Novels

不起眼女主角培育法 9

（原著名：冴えない彼女の育てかた 9）

2016年8月11日　初版第1刷發行
2024年7月3日　初版第12刷發行

作　者：丸戶史明
插　畫：深崎暮人
譯　者：鄭人彥

發行人：台灣角川股份有限公司
總　監：呂慧君
總編輯：蔡佩芬、朱哲成
主　編：林秀儒
設計指導：陳晞叡
美術設計：吳佳昫
印　務：李明修（主任）、張加恩（主任）、張凱棋、潘尚琪

發行所：台灣角川股份有限公司
地　址：104台北市中山區松江路223號3樓
電　話：（02）2515-3000
傳　真：（02）2515-0033
網　址：www.kadokawa.com.tw
劃撥帳戶：台灣角川股份有限公司
劃撥帳號：19487412
法律顧問：有澤法律事務所
製　版：巨茂科技印刷有限公司
ISBN：978-986-473-177-0